Egbert Scheunemann

Über uns wird die Kellerwohnung frei

Kurzgeschichten, Erzählungen, Anekdoten

Bibliografische Information der Deutschen Nationalbibliothek
Die Deutsche Nationalbibliothek verzeichnet diese Publikation in der
Deutschen Nationalbibliografie; detaillierte bibliografische Daten sind
im Internet über http://dnb.d-nb.de abrufbar.

Bildnachweis
Cover-Foto: © Egbert Scheunemann

1. Auflage 2022

IMPRESSUM

© 2022, Egbert Scheunemann – www.egbert-scheunemann.de
Herstellung und Verlag: BoD – Books on Demand,
Norderstedt
ISBN: 9783755768463

Inhalt

Prolog

Geschichten, die das Leben schrieb – eigentlich eine abgeschmackte Phrase. Aber sie trifft den Kern. Zumindest für einen großen Teil der folgenden Erzählungen, Kurzgeschichten und Anekdoten. Viele schildern eins zu eins reale Erlebnisse, ohne literarische Verfremdung, Überhöhung, sprachstilistisches Schaulaufen, verbalakrobatisches Muskelspiel. Vielleicht fokussiere ich hier und da auf den anekdotischen Kern, hebe die Quintessenz der Story hervor, betone die Pointe. Aber die Realität steht in der Regel im Vordergrund – obwohl das, was ich schildere, erzähle, oft kaum zu glauben ist. Würde man es als Drehbuchvorlage einem Produzenten, einem Regisseur vorlegen – man bekäme es als völlig übertriebene Schmonzette um die Ohren gehauen. Zu Recht – zumindest gemessen an den Maßstäben der Unterhaltungsindustrie. Aber was interessiert die Realität Hollywood?

Den Realitätsgehalt wird man bei einigen Geschichten leicht bemessen können. Sie spielen etwa im Hamburger Schanzenviertel, an dessen Rand ich seit bald vierzig Jahren lebe. Dieser Stadtteil ist mein Dorf, mein Kiez, mein Quartier. Hier wohne ich, hier lebe ich, hier gehör ich hin. Kein Wunder also, dass es die Szenerie abgibt für einige der folgenden Geschichten.

Bei wenigen anderen ließ ich meiner Fantasie mehr oder minder freien Lauf. Auch bei ihnen gab es aber immer reale Anlässe, Anstöße, Motive – so intensive jedoch, dass sie unwillkürlich meine Fantasie anregten, auch Ängste, Befürchtungen, düstere Ahnungen. Und die können handlungsmächtig werden. Mächtig handlungsmächtig. Bis hin zum kollektiven Wahn, der im 20. Jahrhundert Millionen von Menschen das Leben kostete. Oder auch nur bis zur individuellen Selbstvernichtung.

Ich werde Ihnen nicht den Spaß verderben, selbst herauszufinden, was im Folgenden der Realität entspricht und was eher oder nur meiner Fantasie. Vielfach ist die Sache ganz klar, aber eben nicht immer.

Hamburg, im Februar 2022

Egbert Scheunemann

Neulich auf dem Rad

Es war kurz vor Mitternacht, als ich mit dem Rad nach Hause fuhr. Im Olympischen Feuer, meinem Leib-und-Magen-Griechen im Schanzenviertel, hatte ich zwei Feierabendbiere verköstigt. Ich radelte in gemächlichem Tempo, kaum schneller als zehn, zwölf Stundenkilometer, über die Piazza am Schulterblatt, rücksichtsvoll und in gehörigem Abstand um die wenigen Passanten herum, die da noch anzutreffen waren.

Ziemlich genau auf Höhe der Roten Flora, vielleicht schon kurz dahinter, sah ich urplötzlich einen kleinen, wie sich später herausstellte: grau-schwarzen Hund, kaum größer als ein Schuhkarton für Winterstiefel, in grau-schwarzer Nacht von rechts aus einem Pulk zusammengestellter Sitzbänke und Biertische direkt in meine Fahrtrichtung stürmen. Keinen Meterfünfzig entfernt. Ich bremste ebenso reflexartig wie kräftig – und musste feststellen, dass heutige gute Scheibenbremsen ihre Arbeit in ganz hervorragender Weise zu leisten vermögen. Mein Rad kam nach einem Bremsweg von gefühlten fünfzehn Zentimetern und einer knappen halben Sekunde zum Stehen. Meine Körpermasse von etwa fünfundsiebzig Kilogramm hatte aber den nicht ganz unbedeutenden Impuls, im Volksmund auch Wucht oder Schwung genannt, von nahezu zweihundertfünfzig Kilogrammmetern pro Sekunde, also Newtonsekunden – wie ich später ausrechnete. Die Bremskraft, die obwaltete, war also keine ganz geringe. Meine Körpermasse, die Naturgesetze wirken ohne Gnade, erwies sich als artgerecht träge. Weit träger als die vielleicht vierzehn Kilogramm meines Fahrrads, das ja schon stand, wenn nicht lag.

Es trennte sich also meine Körpermasse von der Masse meines Fahrrads – in Fahrtrichtung, zunächst horizontal, dann mehr und mehr vertikal, man spricht in Fachkreisen auch von einer ballistischen Kurve. Während meines Fluges dachte ich mir ebenso fix wie vorausschauend, dass eine Landung auf voller Körperfläche – und nicht etwa zunächst auf einem Ellenbogen, wenn nicht meinem Schädel mit dem Gesicht als Abbremsfläche – die Wucht meines Aufpralls großflächig verteilen würde. Und so geschah es. Ich landete in voller Breite und Länge, Beine und Arme sternförmig ausgestreckt, auf dem Pflaster. Auch mein Rad nahm direkt hinter mir eine vorläufige Ruhestellung ein.

Wäre ich direkt auf dem Hündchen gelandet, hätte sein Körper für mich als Knautschzone fungiert. Korpus und Beinchen des Hündchens wären nicht wenig komprimiert worden, wahrscheinlich mit letalem Ausgang für das arme Tier. Auch für mich wäre es wohl nicht so glimpflich abgelaufen, weil ein großer Teil meiner abzubremsenden Masse konzentriert auf die räumliche Ausdehnung des kleinen Hundes gefallen wäre. Eine merkliche Prellung auf der Kontaktfläche zwischen mir und Hund wäre wohl die Folge gewesen – ich sehe hier aus Gründen der Contenance besser ab von der Schilderung der ganzen Sauerei, die ein blitzschnelles Komprimieren des kleinen Hundes wohl gezeitigt hätte. Also konnten Hund wie ich froh sein, dass ich circa dreißig Zentimeter vor dem konsternierten Tier auf voller Körperfläche zu landen kam. Da waren dann Geschwindigkeit und Impuls wieder null und den Gesetzen der Physik Genüge getan.

Wie es die Umstände also wollten, lag ich kurzfristig direkt vor dem Hund, der mindestens so ruckartig abgebremst hatte wie ich. Wir waren quasi auf Augenhöhe. Er guckte mich verdutzt an, ich ihn nicht minder, und wandte sich dann Hilfe suchend zu seinem Frauchen – wie sich herausstellte. Sie war inzwischen, woher auch immer, herbeigeeilt und wollte mir beim Aufrichten helfen. Ich wuchtete mich nach Art eines Liegestützes hoch, schnellte mit den Beinen zusammen und stand dann, doch etwas verwirrt und verdattert, senkrecht im Dasein. Die Frau, eine sehr schöne zu allem Überfluss, entschuldigte sich tausendfach. Ob mir denn was passiert sei? Fast hätte ich ihr gesagt, nein, ich steige immer so ab. Ich fühlte an mir herum und murmelte, dass ich das erst mal überprüfen müsse. Ich absolvierte Bewegungsübungen mit allen Extremitäten, alles war in Ordnung, nur meine Oberschenkel schienen irgendwie geprellt zu sein – mein Versuch der größtmöglichen Verteilung des Impulses war wohl nicht vollständig geglückt.

Während ich mein Rad untersuchte, die Räder freischwebend rotieren ließ, um zu überprüfen, ob sich eine Unwucht infolge der Wucht eingestellt hatte, hielt ich der jungen schönen Frau einen Vortrag über die Funktionstüchtigkeit heutiger moderner Fahrradbremsen, das Gesetz der Impuls- bzw. Energieerhaltung – und darüber, wie die Beleuchtung kleiner Hunde mittels entsprechend illuminierter Halsbänder verbessert werden könne, um manches Malheur zu verhindern. Der Kleine, inzwischen ganz klein neben seinem Frauchen sitzend, hätte womöglich ganz furchtbar ausgesehen, wenn ich nicht gebremst und er zweihundertfünfzig Newtonsekunden über sich hätte ergehen lassen müssen.

Ich verabschiedete mich und fuhr meiner Wege, nicht ohne skeptisch auf zusammengestellte Bänke und Tische zu meiner Rechten zu achten – und auf kleine grauschwarze Hunde in Schuhkartongröße in grau-schwarzer Nacht.

———————

Die Fliege

Sie war größer als eine banale Stubenfliege, eher so eine Art Schmeißfliege. Der Klang ihres Fluges glich fast schon einem Brummen, kaum noch einem Summen. Für so ein Exemplar war es eigentlich schon zu kalt draußen – Ende November bei Temperaturen um den Nullpunkt. Sie tauchte zwar eines Tages in meiner Küche auf, aber irgendwo musste sie ja hergekommen sein. Von draußen. Dass sie zu dieser stattlichen Größe in meiner Küche, meiner Wohnung aufgewachsen wäre – das glaubte ich eher nicht. Als kindlich kleines oder jugendlich mittelprächtiges Modell war sie mir nie aufgefallen.

Auf jeden Fall war sie plötzlich da. Ich wollte fast schon zur Tat schreiten und sie plattschlagen. Aber sie nervte nicht so wie die meisten Stubenfliegen – durch Sturzflüge ins Gesichtsfeld, gar noch Kontaktaufnahme mit meiner Nase oder meinen Augen, durch sinnloses Anfliegen gegen die Fensterscheibe, tok, tok, tok, kurze Atempause, dann weiter für zwei, drei Minuten – tok, tok, tok.

Sie war vielmehr sehr zurückhaltend. Lange Stunden nahm ich sie nicht wahr. Dann ging ich in die Küche, griff nach dem Waschen meiner Hände zum Handtuch – und da schwirrte sie wieder an mir vorbei. Ich hatte sie nicht gesehen, wie sie auf dem oder irgendwo hinter dem Handtuch an der Wand saß. In solchen Fällen schlug ich, reflexartig, nicht nach ihr, sondern ich fuchtelte nur vor meinem Gesicht rum. Ebenso reflexartig.

Ich fand sie auch nie auf irgendwelchen Nahrungsmitteln, Obst, Gemüse, Salat, die offen in Schalen lagen, auf dem Tisch, dem Fensterbrett. Was sollte sie auch mit Äpfeln, Orangen oder Tomaten anfangen? Die hatten dicke Schalen. Und dass es zu fauligen Stellen hätte kommen können – das passierte mir selten. Ich habe bis heute keine

Ahnung, wovon sich die Fliege ernährte, während sie über einige Tage mein Gast war. Womöglich von irgendwelchen kleinen Essensresten, Krümeln in Ecken oder Ritzen, Wassertropfen im Spülbecken, die für die Fliege so groß waren wie für uns Wassereimer, wenn nicht Fässer.

Wir gewöhnten uns aneinander. Sie kam mir immer näher, blieb zwar auf Distanz, die aber immer kürzer wurde. Ich schlug nicht nach ihr – irgendwann schien sie keine Angst mehr zu haben vor mir. Einmal saß ich am Tisch, aß von meinem Teller, und die Fliege saß fast die ganze Zeit nur eine Handlänge entfernt auf dem Küchentisch. Fast regungslos. Sie näherte sich nicht, schoss nicht auf und stürzte sich nicht auf meinen Teller oder meine Lippen gar. Sie saß einfach da. Und ich ließ sie sitzen. Und ich beobachtete sie. Und sie beobachtete mich.

Ich hatte das Gefühl, dass sie mich – nein, nicht verfolgte, aber dass sie sehr oft auftauchte, wo auch ich war, in der Küche, in meinem Büro, im Bad, in meinem Musikzimmer. Immer auf Distanz. Aber immer da. Fast immer. Nie aufdringlich. Eine höfliche Fliege.

Das ging so einige Tage. Ich fragte mich, wie lange gemeine Stubenfliegen oder Schmeißfliegen eigentlich leben. Wahrscheinlich relativ kurz. Und ich war erstaunt, als ich recherchierte: einige Wochen!

Ich ertappte mich eines Morgens dabei, dass ich mit der Fliege sprach. Ich nannte sie – keine Ahnung, warum – spontan Karl-Gustav. Wobei ich sie ab und zu auch einfach blöde Kuh nannte, wenn sie doch mal nervte, etwa weil sie wie blöd um eine Klemmleuchte in meiner Küche schwirrte – und ein Mal sogar in der Klemmleuchte. Der Trichter der Leuchte wirkte wie ein Schallverstärker, ein Lautsprecher in des Wortes direkter Bedeutung. Karl-Gustav muss mit enormer Geschwindigkeit um die Glühbirne in der Lampe geschwirrt sein. Ich stand an der Ablage meines Spülbeckens, schnippelte mein Gemüse und war zunehmend genervt von dem Getöse, keine dreißig Zentimeter von meinem Kopf entfernt. Irgendwann schaltete ich die Lampe aus, wartete etwas, bis die Birne nicht mehr so heiß war, und guckte in die Lampe – sah aber keine Fliege. Karl-Gustav war wohl entkommen, dachte ich mir zunächst. Sicherheitshalber schraubte ich die Birne jedoch raus – und da flog Karl-Gustav aus der Gewindehalterung, haarscharf an meinem linken Auge vorbei. Ich drehte die Birne erleichtert in ihre Fassung und schaltete die Lampe wieder an. Karl-Gustav lebte noch.

Meine WG mit ihm währte noch einige Tage. Irgendwann war Karl-Gustav nicht mehr da. Er entschwand spurlos und so unverhofft, wie er gekommen war. Aus dem und in das gefühlte Nichts. Meine höfliche Fliege.

———————

Der Fahrgast

Der Mann starrte aus dem Fenster, er sah sehr angespannt aus. Ich fragte ihn, ob in dem Abteil noch ein Platz frei sei. Nur aus Höflichkeit. Denn es waren noch fünf Plätze frei. Der Mann sah kurz und fahrig hoch, nickte und wandte sich wieder zum Fenster. Ich setzte mich gleich rechts auf den Sitz direkt neben der Schiebetür, meinem Abteilnachbarn diagonal gegenüber, also weitestmöglich entfernt. Alles andere schien mir unschicklich. Der Mann strahlte große Distanziertheit aus. Fast schon eine Art Entrückung. Auf seinem Nebensitz lag ein Aktenkoffer. Der Mann hielt ihn mit seiner rechten Hand fest im Griff, nahezu krampfhaft. Die Adern auf seinem Handrücken waren deutlich zu sehen. Wahrscheinlich war etwas Wertvolles, etwas für den Mann sehr Wichtiges in dem kleinen Koffer.

Ich holte mein Lesezeug aus dem Trolley, hievte ihn dann auf die Ablage und setzte mich. Der Mann warf einen kurzen Blick auf meine Fachzeitschrift und wandte sich wieder ab. Ich zog meine Lesebrille aus der Brusttasche, griff das Heft und fing an, darin zu blättern. Ich hatte es erst vorhin aus dem Briefkasten gezogen und war gespannt auf die Themen.

Während des Blätterns sah ich immer wieder zum Fenster hinaus, also auch in Richtung meines Mitreisenden. Ein Blick in die Ferne, ins entlegene Nichts, erleichterte mir schon immer, mich zu konzentrieren, zu fokussieren. Der Mann saß ungerührt. Er war ein überaus ansehnlicher Mann, ein Herr, südländischer Typ, vielleicht ein Inder, Pakistani oder Perser, dichtes, lockiges, aber kurz gehaltenes Haar, analog sein gepflegter Vollbart, und sehr gut gekleidet. Dunkler Anzug, weißes Hemd, offener Kragen, keine Krawatte. Dunkelbraune Lederhalbschuhe mit feinziselierten Lochmustern. Ich kenne mich in solchen Dingen nicht aus, aber das Outfit des Mannes mit dem Aktenkoffer machte einen sehr edlen, teuren Eindruck. Auch der Aktenkoffer selbst. Womöglich war der Mann ein Geschäftsmann, wenn nicht Diplomat. Unser Zug fuhr nach Berlin.

Nach dem Durchblättern wollte ich zunächst den Artikel über neurobiologische Grundlagen des Denkens und Sprechens lesen – sehr spannend, eines meiner eigenen Themen. Aber ich konnte mich nicht gut konzentrieren. Vielleicht sollte ich einfach eine Weile die Augen schließen. Schlafen konnte ich tagsüber nie, aber allein das Schließen der Augen, auch nur eine viertel Stunde, wirkte auf mich überaus entspannend und erfrischend. Durch keinen Sinneskanal nimmt das Gehirn so viele Informationen auf wie durch das Auge. Nichts entlastet es so sehr wie das Schließen der Augen, die Unterbrechung des optischen Inputs. Ich legte meine Fachzeitschrift beiseite und schloss die Augen.

„Sie sind an Philosophie interessiert?" Der Mann sah mich mit ernstem, aber auch sehr interessiertem Blick direkt an, als ich meine Augen wieder öffnete, kaum dass ich sie geschlossen hatte. Ich war völlig überrascht, hätte nicht erwartet, dass er mich ansprechen würde – in kristallklarem, völlig akzentfreiem Hochdeutsch mit durchdringender Stimme in basslastigem Timbre.

Ich musste mich erst etwas zurechtsetzen und konzentrieren. „Ja, ist wohl eine alte Berufskrankheit", sagte ich leicht verlegen und wohl auch etwas augenzwinkernd.

Der Mann schmunzelte ganz kurz, kaum merklich, und wandte sich wieder zum Fenster. Und ohne seinen Blick davon abzuwenden, sprach er in einem ebenso warmen wie leicht spöttischen Ton: „Na, das entschuldigt Sie etwas."

„Oh Gott, wofür denn?" Meine Überraschung war kein bisschen gespielt.

„Sie glauben an Gott?"

„Was? Ich? Nein, natürlich nicht."

„Und warum flehen Sie ihn mit Ihrem ‚Oh Gott!' dann an? Und was ist an Unglauben so natürlich?" Die Stimme des Mannes war jetzt wieder sehr ernst.

„Also, wie soll ich sagen, das sind jetzt eine ganze Menge Themen auf ein Mal."

„Also der Reihe nach." Der Mann sah noch immer zum Fenster raus. „Sie haben mich vorhin die ganze Zeit beobachtet."

„Wirklich? War mir gar nicht bewusst. Ich habe vielleicht etwas öfter zum Fenster hinausgeschaut, zum fernen Horizont, das hilft mir, mich zu konzentrieren. Ich wollte Sie aber auf keinen Fall belästigen, tut mir leid."

Der Mann sah noch immer in Richtung der weiten Landschaft und reagierte nicht, sagte nichts.

„Ich will ja nicht aufdringlich oder gar unhöflich sein – aber wie wollen Sie denn mitbekommen haben, dass ich Sie beobachte, wenn Sie selbst die ganze Zeit zum Fenster rausgeschaut haben?" Ich war auf seine Antwort gespannt.

„Und woher wollen Sie wissen, dass ich die ganze Zeit zum Fenster hinausgeschaut habe, wenn Sie mich nicht die ganze Zeit beobachtet haben?"

„Das entbehrt nicht einer gewissen Logik." Ich fühlte mich fast etwas ertappt.

„Einfallswinkel gleich Ausfallswinkel." Der Mann klang jetzt gespielt gelangweilt.

„Wie bitte?"

„Ich sehe Ihr Spiegelbild, wenn ich zum Fenster hinausschaue." Der Mann, er hatte den Blick von den vorbeisausenden weiten Feldern und Wiesen nicht abgewandt, schmunzelte, aber wieder nur lakonisch knapp. Ich sah ihn lediglich im Profil, aber das schnelle Zucken seiner Mundwinkel und Lider war ganz eindeutig.

„Wir haben uns also gegenseitig beim Beobachten beobachtet." Mein Gefühl des Ertapptseins hatte sich zu meiner Erleichterung in Luft aufgelöst.

„Das scheint so zu sein." Die Stimme des Mannes klang nun wieder sehr distanziert.

„Na, ich werde jetzt mal versuchen, etwas zu lesen." Ich griff meine Zeitschrift und versuchte es in der Tat.

„Sie haben mir meine Fragen aber noch gar nicht beantwortet." Dieses Mal sah mir der Mann direkt in die Augen.

„Ach, Pardon, ja, also – welche noch? Entschuldigung, ich war etwas unaufmerksam."

„Warum Sie sich auf Gott berufen, obwohl sie vorgeben, gar nicht an ihn zu glauben, und warum es etwas Natürliches sein soll, nicht an Gott zu glauben."

Ich ging solchen Fragen normalerweise aus dem Weg. Gläubige vom Glauben abbringen zu wollen, das war für mich, und nicht nur für mich, sondern für viele Humanisten und Aufklärer, wie die Quadratur des Kreises. Sinnlos. Zeitverschwendung. Und nicht selten Anlass für Aggressionsausbrüche der Gläubigen gegenüber den Ungläubigen. In meiner Zeit als junger Student, in meiner Sturm-und-Drang-Periode, in der ich noch die ganze Welt aus den Angeln heben und vor allem besser machen wollte, bin ich solchen Diskussionen nicht aus dem Weg gegangen, ja, ich habe sie aktiv gesucht – und es bald bereut und wieder gelassen nach nicht selten üblen Erfahrungen.

Und der Weltenlauf zielte seitdem nicht etwa in Richtung der, wenn auch langsamen, jedoch halbwegs stetigen Verwirklichung des Projektes Humanismus und Aufklärung, des Überwindens allen Aberglaubens, also auch des zu Weltreligionen geadelten Aberglaubens. Es ging vielmehr in vielen Ländern und Regionen der Welt in die genau gegenteilige Richtung. Zur gewaltsamen Errichtung von Diktaturen, Gottesstaaten, zur Unterdrückung von Frauen, Homosexuellen, Ungläubigen. Zu tödlichen Angriffen auf unschuldige Menschen, Ungläubige, auch in – zumindest halbwegs funktionierenden – freiheitlichen Demokratien.

Wenn diese sogenannten westlichen Demokratien in jenen Ländern, die schon unter ihrem Kolonialismus gelitten hatten, bis heute als Besatzer wahrgenommen und deswegen auch bekämpft werden, konnte man das noch nachvollziehen. Der Grat zwischen Freiheitskampf und Terrorismus war aber schon immer ein sehr schmaler. Und die schnelle Verwandlung ehemaliger Freiheitskämpfer, sobald sie den Sieg im Kampf gegen Kolonialherren oder postkoloniale Besatzungsmächte errungen hatten, in üble Diktatoren – das war und ist fast ausnahmslos die Regel.

Wie sollte es auch anders gehen? Nach Jahrhunderten, Jahrtausenden individueller wie kollektiver Erfahrung der Unfreiheit, der Unterdrückung, der Ausbeutung, der Gewalt, des Lebens in hierarchischen, patriarchalischen, autoritären Verhältnissen – wie wahrscheinlich war es da, dass nach dem Sieg der Freiheitskämpfer, dem Sieg der Revolution, urplötzlich der freie, aufgeklärte, antiautoritäre Mensch wie Phönix aus der Asche emporsteigen würde? Diese Wahrscheinlichkeit lag bei nahezu null – wie die Jakobiner, die Stalins, die Maos, die Mugabes und Ortegas dieser Welt immer wieder bewiesen und beweisen. Eine perverse Situation, eine philosophische Aporie nahezu, also die Unmöglichkeit, eine philosophische Frage zu lösen: Wie kann in und aus der Unfreiheit die Freiheit entstehen? Gegen die Unterdrücker der Freiheit zu kämpfen, war legitim. Aber nur, um ein neues Regime der Unfreiheit zu errichten?

Wer war der Mann, der mir gegenübersaß? Warum entfachte er in mir diesen Wust an Gedanken und Assoziationen? Er hatte doch nur danach gefragt, und das eigentlich ganz zu Recht, warum ich „Oh Gott!" ausrief, obwohl ich nicht an Gott glaube, und warum ich meinen Unglauben als „natürlich" bezeichnet hatte.

Nein, nicht diese beiden Fragen waren es, die mich verunsicherten. Es war die gesamte Erscheinung dieses Mannes, sein Aussehen, sein Verhalten – und sein Koffer. Ich musste mich zwingen, nicht fortwährend auf ihn zu starren. Mich interessierte brennend, was in diesem Koffer war, warum der Mann ihn so entschlossen festhielt und nicht in die Kofferablage gelegt hatte, direkt über sich, also absolut sicher vor Diebstahl. Wilde Fantasien gingen mir durch den Kopf und mehr und mehr auch düstere Gedanken.

„Braucht ihr Philosophen immer so lange?"
Ich hörte die eigentlich schneidende Stimme des Mannes zunächst wie aus einem entlegenen Off.

„Man kann Ihnen regelrecht zusehen beim Denken. Und warum fixieren Sie nicht, wie Sie sagten, den fernen Himmel, um sich zu konzentrieren, sondern die ganze Zeit – meinen Koffer?"
Es stieg heiß in mir auf. Ich fühlte mich erneut ertappt, erwischt, ja dieses Mal regelrecht entblößt. Der Mann hatte mich aus meinen Gedanken gerissen – deren Düsternis er aufgrund meines Verhaltens, meiner Mimik wohl zumindest erahnen konnte.

„Tut mir leid, ich war wohl etwas gedankenvergessen. Und es ist auch kein leichtes Thema. Wie soll ich sagen: Ich weiß gar nicht, wer Sie sind. Man kann Menschen, Gläubige, Strenggläubige gar – womit ich natürlich in keiner Weise andeuten wollte, dass Sie womöglich ein Gläubiger sind, gar ein Strenggläubiger …"
Mich traf ein kalter Blick, aber der Mann wandte sich gleich wieder ab. Wortlos.

„… ein Strenggläubiger sind, wirklich nicht! Es kann doch aber sein, dass man eben auf gläubige Menschen trifft, ganz unverhofft und unwissend, und sie dann sehr schnell verletzt, wenn man als Atheist unachtsam ist – weswegen ich zu solchen Fragen eigentlich grundsätzlich schweige. Nicht in Fachkreisen oder in Seminaren, aber im Alltagsleben, eben im Beisein von Menschen, die ich nicht kenne – und die mich nicht kennen."

Der Mann fixierte mich mit ernster Miene. Er sagte aber noch immer nichts.

„Bitte verstehen Sie mich um Gottes willen nicht falsch, aber …"

„Sie beziehen sich schon wieder auf Gott."

Bingo. Mist. Was war heute mit mir los? Der Mann war allem Anschein nach ein sehr guter, genauer Beobachter.

„Ach, ja, stimmt …" Ich stammelte in meiner Verlegenheit fast ein bisschen. „Ist nur, war nur so eine Floskel …"

„Und was soll ich nun um Gottes willen nicht falsch verstehen?"

Ich musste regelrecht Mut fassen. Aber dann hatte ich ihn auch: „Es ist inzwischen leider so, dass man sich in vielen Ländern, Regionen und Kulturkreisen nicht als Atheist offenbaren sollte – wenn einem sein Leben lieb ist …"

„Wir sind hier in einem Zug nach Berlin." Der Mann sprach kühl, musterte mich flüchtig und wandte sich wieder zum Fenster.

„Ja, aber der islamistische Terror hat die sogenannte westliche Welt doch schon lange erreicht …"

Der Mann drehte abrupt seinen Kopf und sah mich mit hochgerissenen Augenbrauen und empörtem Blick an: „Der kolonialistische Terror und der Kriegsterror der westlichen Welt während der antikolonialen Befreiungskämpfe hat die islamische Welt – und nicht nur die – aber weit früher erreicht. Und der Kriegsterror, der Bomben- und Drohnenkrieg des Westens erreicht diese Welt bis heute! Jeden Tag!"

„Das ist völlig richtig, und ich bin durchaus Anhänger der These, dass diese Politik der herrschenden Kräfte im Westen den Terror …

„… den Gegenterror …"

„… in hohem Maße eher produziert als erfolgreich bekämpft …"

Der Mann sah mich mit einem Mal wieder sehr interessiert, ja verständnisvoll an: „Solche Ansichten hört man selten im Westen."

„Das würde ich glatt bestreiten! Es gibt bis hoch in die US-amerikanische Administration und in wichtigen westlichen politischen Thinktanks massive Zweifel an dieser Politik – und bei vielen sogenannten NATO-Partnern auch. Und bitte: Es gibt nicht ‚den' Westen." Ich setzte die Tüddel in der Luft. „Hinter dieser Politik stehen die herrschenden Kräfte in vielen westlichen Staaten, also – gemessen an der Gesamtbevölkerung – eine kleine Minderheit, und letztlich der militärisch-industrielle Komplex, der davon allein profitiert …"

Der Gesichtsausdruck des Mannes war inzwischen ein Amalgam aus Erstaunen, Ironie und auch leichtem Spott: „Welch selbstkritische Töne!"

„Wieso denn selbstkritisch? Ich habe mit dieser Politik nichts zu tun …"

„… aber Sie sind doch nun mal, wenn ich das so sagen darf, ein Westler …"

„Sagen dürfen Sie das auf jeden Fall, aber ich werde in mein ‚Westlertum' hineingeboren wie in meine Nationalität, meine Schuhgröße oder auch mein biologisches Geschlecht, für all das kann ich nichts – ich bin dafür nicht verantwortlich, ich bin nicht stolz darauf und ich schäme mich dafür auch nicht …"

Der Mann sah mich jetzt sehr nachdenklich an. „Das sehen viele Menschen anders."

„Das stimmt – entsprechend furchtbar sieht es aus in der Welt. Es gäbe keinen einzigen Krieg und hätte wohl nie einen gegeben, gäbe es nicht diese wahnhafte Konstruktion eines ‚Wir‘, das sich scharf und aggressiv von einem als böse halluzinierten ‚Ihr‘ abgrenzt. So werden die Proleten und Underdogs der einen Nation, des einen Glaubens, in Uniformen gesteckt, um gegen die Proleten und Underdogs der anderen Nation, des anderen Glaubens, zu kämpfen, statt sich gemeinsam gegen die jeweiligen Unterdrücker und Ausbeuter zu wenden …"

„… das sind ja nahezu marxistische Gedanken!"
Ich konnte den Gesichtsausdruck des Mannes nicht interpretieren. Ich wusste nicht, ob in seiner Aussage ein Vorwurf lag. Es schien in Ansätzen so zu sein, aber ich war mir nicht sicher.

„Ob marxistisch oder nicht, es sind vor allem vernünftige Gedanken …"

„Stopp! Das wage jetzt ich zu bestreiten. Sie glauben also nicht, dass der Westen mit seiner Politik …"

„… nochmals, es gibt nicht ‚den‘ Westen, auch das ist so eine kollektive Wahnvorstellung …"

„… okay, von mir aus, dass also die ‚herrschenden Kräfte‘ im Westen …" Jetzt tüddelte auch der Mann mit den Fingern in der Luft. „… mit ihrer Kolonialpolitik, ihrem Kampf gegen die antikolonialen Befreiungsbewegungen in Südamerika, Afrika, im Nahen Osten und Asien und mit ihrer Unterstützung von Diktatoren, die diesen herrschenden Kräften im Westen genehm sind und sie billig mit Rohstoffen versorgen – dass all dies verantwortlich ist für den Terror, der sich gegen den Westen wendet?"

„Wenn Sie zuletzt nicht wieder ‚Westen‘ gesagt hätten, sondern differenziert von den ‚herrschenden Kräften des Westens‘ gesprochen hätten, wäre Ihnen wohl aufgefallen, wie falsch Ihre Aussage ist. Der Terror richtet sich in der Regel gegen einfache Menschen in den westlichen Städten, Lokalen, Konzertsälen, nicht gegen die Domizile der herrschenden westlichen Kräfte – und vor allem richtet sich der Terror gegen die ‚eigenen' Leute, nicht gegen die ‚westlichen' Ungläubigen, sondern gegen jene in den Ländern des Nahen Ostens, die dem falschen ‚eigenen' Glauben anhängen, die ‚frevelhafte Sunniten' sind aus Sicht fanatischer Schiiten – oder ‚ruchlose Schiiten' aus Sicht radikaler Sunniten …"

Der Mann setzte sich schroff in seinem Sitz zurecht, drückte das Kreuz durch, zog die Beine an, sodass ich meine Rede kurz unterbrach. Ich erwartete eine ebenso schroffe verbale Reaktion. Er schien etwas sagen zu wollen, senkte dann aber den Blick, starrte vor sich hin und schwieg.

Ich wartete kurz und hob dann wieder an: „Was Sie sagen, ist bis zu einem bestimmten Grad richtig, diese Politik der westlichen herrschenden Kräfte hat bestimmt dazu beigetragen, dass der Terror auf die westlichen Länder zurückschlug. Aber der Kern, der erste Antrieb dieses Terrors, vor allem auch gegen die ‚eigenen' Leute …" Ich kam aus dem Tüddeln kaum noch heraus. „… hat ganz andere Ursachen …"

Der Mann hob abrupt den Kopf: „Ach ja, und welcher Kern soll das sein?" Er sprach mit herausfordernder Stimme, im Tonfall aber dennoch nachdenklich und hörbar interessiert.

„Der Kern ist eigentlich ein ganz einfacher: Terroristische Gewalt ist das Resultat gewaltsamer Systeme, autoritärer Organisationen, Gruppen, Banden oder staatlicher Diktaturen, und zwar vor allem dann, wenn weltlich-staatliche und geistlich-klerikale Macht zusammenfallen und in diesem Sinne eine totale, eine totalitäre Diktatur bilden – dann wird jede Opposition gewaltsam niedergeschlagen, dann werden die Ungläubigen, die Andersgläubigen getötet, Frauen hinter Schleiern oder gleich hinter die Mauern des eigenen Hauses, in dem natürlich allein der Mann herrscht, versteckt oder eingesperrt, dann werden Homosexuelle öffentlich gehängt …"

„Schweigen Sie!" Der Mann bebte. „Sie wissen doch gar nicht, wovon Sie reden!"

Ich rückte auf meinem Sitz instinktiv etwas zurück und hob kurz die Hände wie zur Abwehr. Ich schien bei dem Mann einen sehr wunden Punkt getroffen zu haben. Und ich schwieg in der Tat eine Weile und wartete ab, um ihm Gelegenheit zu geben, etwas zu entgegnen. Aber er sagte nichts. Er starrte nur vor sich hin, in Gedanken versunken, und schien plötzlich in einer ganz anderen Stimmung zu sein, fast wie in Trauer.

„Es tut mir leid, wenn ich bei Ihnen ungewollt einen wunden Punkt getroffen habe. Womöglich sollten wir das Gespräch zu diesem Thema lieber beenden …"

„Nein, nein …" Der Mann sah mich unvermittelt sehr freundlich an – mit glasigen Augen. „… jetzt muss ich mich eher entschuldigen für meine heftige Reaktion. Sie konnten nicht wissen … Ich fand Ihre Ausführungen sehr interessant. Bitte fahren Sie doch fort!"

Ich wusste nicht, woran ich war, konnte die Situation nicht einschätzen, ahnte nicht, was den Mann so heftig reagieren ließ und mich schroff schweigen hieß – nur um mich kurz darauf zu bitten, mit dem fortzufahren, was ihn eben noch so empört hatte. Mir schien Vorsicht angebracht zu sein.

„Was ich nur sagen wollte: Was in den Ländern des näheren und ferneren Ostens geschieht, dass also die verschiedenen Richtungen des Islam, Sunniten, Wahhabiten, Schiiten, Taliban, übereinander herfallen, sich gegenseitig umbringen oder auch ‚Ungläubige‘, ob jetzt ‚westliche‘ oder ‚eigene‘, und dass die geistlichen islamischen Kräfte gegen die weltlichen Diktatoren in diesen Ländern um die Vorherrschaft, die Alleinherrschaft kämpfen – das ist genau das, was in Mitteleuropa im Dreißigjährigen Krieg seinen Höhepunkt und 1648 sein Ende fand. Dieser Krieg, der brutale Kampf der verschiedenen christlichen Glaubensrichtungen gegeneinander, aber auch gemeinsam gegen die weltlichen Herrscher, hat die halbe Bevölkerung Europas ausgerottet …"

Ich unterbrach mich selbst, um dem Mann Gelegenheit zu geben, sich zu äußern, auch um zu sehen, wie er reagierte, wie er meine Worte aufnahm. Er hatte die ganze Zeit vor sich hingestarrt. Ich wusste nicht, ob er mir wirklich zugehört oder sich in seiner Gedankenwelt verloren hatte.

Er sah mich kurz an: „Aber so reden Sie doch weiter! Ich höre sehr genau zu, mir gehen nur so viele Gedanken durch den Kopf …"

„Nun, okay, ich bin eigentlich auch schon fast fertig mit dem, was ich sagen wollte. Was ich meine, kann man sehr schön verdeutlichen an einem der zentrale Konflikt im Nahen Osten – dem Konflikt zwischen Israel und den Palästinensern beziehungsweise den arabischen, oftmals islamischen Ländern, von denen Israel umgeben ist. Viele politisch Linke im ‚Westen' glauben zumindest, das sei der zentrale Konflikt. Ich bin da völlig anderer Meinung: Fast alle der vielen, der sehr vielen gewaltsamen Konflikte in der arabischen Welt würden auch dann weiter bestehen, verschwände Israel von heute auf morgen von der Bildfläche. Oder so gesagt: Wäre Israel von halbwegs funktionierenden freiheitlichen, rechtsstaatlichen Demokratien umgeben – es gäbe keinen einzigen dieser gewaltsamen Konflikte. Sie sind nicht Ausdruck der Existenz Israels, sondern sie sind Ausdruck der Tatsache, dass Israel von mehr oder minder üblen autoritären Diktaturen umzingelt ist, weltlichen, militärischen, klerikalen gewaltsamen Diktaturen. Diktaturen, die immer wieder über Israel hergefallen sind – oder auch gegenseitig über sich selbst hergefallen sind oder auch über eigene Landsleute, Abweichler, wenn sie die Herrschaft der jeweils Herrschenden herausgefordert haben …"

Ich hielt wieder inne.

Der Mann sah auf. Sein Blick verriet eine Melange aus starkem Interesse, Nachdenklichkeit – und Freundlichkeit.

„Ihre Worte sind sehr interessant. So habe ich die Sache noch nie gesehen – oder geschildert bekommen …"

„Das wundert mich nicht, was ich sage, ist ja nicht gerade Mainstream. Die westlichen ehemaligen Kolonialmächte haben unendliches Leid gebracht über die Länder, die sie beherrscht und ausgebeutet haben. Aber sechzig Jahre nach dem Ende des historischen Kolonialismus und der Befreiung der betroffenen Länder muss man sich natürlich auch mal fragen, warum die meisten dieser Länder noch immer mehr oder minder üble Diktaturen sind …"

Der Mann saß nur da, tief in seine Gedanken versunken. Seine Augen sahen ins Nichts. Ich wusste noch immer nicht, wer er war, konnte seine Reaktionen nicht einschätzen. Es vergingen lange Minuten. Er sagte nichts. Ich sagte nichts.

Bald würden wir in Berlin sein. Die Vorstellung war mir unerträglich, dass der Mann in wenigen Minuten aussteigt, sich verabschiedet – und mich unwissend und fragend zulässt. Meine Neugier brannte. Ich musste es einfach wissen: Wer war dieser Mann, was hatte er in seinem Koffer, warum hat er vorhin so heftig reagiert – um kurz darauf fast in Melancholie, ja Trauer zu verfallen? Ich nahm allen Mut zusammen:

„Dürfte ich Ihnen eine Frage stellen?"

Der Mann schaute nach einem kurzen Moment ungläubig auf, lächelte mich an und sprach wie selbstverständlich:

„Aber ja doch! Warum denn nicht?"

Mir pochte in der Tat etwas das Herz. Ich durfte, wollte keinen Fehler machen, den Mann nicht verletzen – ungewollt.

„Haben Sie vorhin so heftig reagiert, weil ich – ja, weil ich, natürlich ohne Absicht, Ihre religiösen Gefühle verletzt habe?"

Der Mann warf sich aus seiner Gouvernantenstellung, die er, wohl um sich zu konzentrieren, seit geraumer Zeit eingenommen hatte, in seinen Sitz, klopfte mit seiner Rechten auf seinen Oberschenkel und lachte kurz, aber laut heraus.

Ich war baff erstaunt, verstand so langsam überhaupt nichts mehr.

„Nichts da …" Er lachte wieder kurz. „… Sie liegen völlig falsch. Vor Ihnen sitzt ein Atheist, wie Sie kaum einen überzeugteren finden können." Er fixierte mich einen kurzen Moment sehr eindringlich. „Da sind Sie wohl baff erstaunt?"

Ich war es, er sprach es aus. Ich war perplex, aber auch erleichtert. Zumindest diese Frage war geklärt. Auf dieser Baustelle musste ich kein Blatt mehr vor den Mund nehmen.

„Aber was habe ich denn sonst falsch gemacht, gesagt, was Sie vorhin so heftig reagieren ließ – sodass ich glauben musste, ich habe Sie sehr verletzt. Gerne würde ich mich bei Ihnen entschuldigen – aber ich würde schon gerne wissen, wofür …"

Die Stimmung des Mannes schlug jäh wieder um, zurück in seine Melancholie, seine Trauer. Ich wusste nicht, was ich sagen sollte. Schweigen schien mir angebracht.

„Sie haben gar nichts falsch gemacht und müssen sich für nichts entschuldigen. Aber …" Der Mann sah mir nun direkt in die Augen. Sein Blick war klar und gefasst, aber auch nachdenklich und bekümmert. „… einer der Homosexuellen, die damals im Iran, in Teheran, öffentlich gehängt wurden, war …" Der Mann wandte seinen Blick zum Fenster, sprach dann mit leiser Stimme weiter. „… war mein Vater."

Ich drückte, kauerte mich in meinen Sitz, kam mir vor wie ein Hund. Wie ein geschwätziges Arschloch, das eine gerechte Quittung bekommen hat.

Der Mann wandte sich, noch bevor ich etwas sagen, mein Beileid bekunden konnte, gleich wieder an mich und sprach mit klarer Stimme. „Sie konnten das nicht wissen." Er sah meine Bestürzung, mein fragendes Gesicht. „Und bevor Sie weiterfragen: Ja, ich bin das Kind eines Homosexuellen. Als Homosexueller eine ‚normale' Ehe zu führen und mit einer ganz normalen Frau ganz normale Kinder zu zeugen, war überlebenswichtig …"

Ich rieb mir mit beiden Händen das Gesicht, versuchte mich zu sammeln, angemessene Worte zu finden: „Das tut mir sehr, sehr leid für Sie – und es tut mir sehr leid, dieses Thema ganz ungewollt und nichts ahnend angesprochen zu haben …"

„Wie gesagt, es muss Ihnen nicht leidtun. Das, was meinem Vater geschah, geschah vielen Homosexuellen – das Thema, die öffentlichen Exekutionen durch Erhängen, ging ja auch durch die Weltpresse …"

„… ja, stimmt, furchtbar …" Und ich Schwatzkopf schob, ohne nachzudenken, gleich hinterher: „Wie sind Sie denn dann nach Deutschland gekommen? Sie sprechen ein völlig akzentfreies Hochdeutsch und …" Ich rutschte wieder ein Stück in meinen Sitz zurück und hob die Hände. „… Pardon, jetzt stelle ich neugieriges Schwatzmaul Ihnen schon wieder eine Frage, die …" Ich brach ab.

„Warum nicht? Ich habe Sie anfänglich ja auch eine Menge gefragt, zu Ihrer Lektüre, warum Sie mich beobachtet haben, zu Ihrem Verhältnis zu Gott und zur Religion. Jetzt muss halt ich mal antworten. Ich habe damit kein Problem. Sie machen einen sehr vertrauensvollen, verständigen, gutmeinenden Eindruck auf mich. Warum auch immer. Also: Ich war noch ganz klein, als meine Mutter nach dem Tod ihres Mannes, meines Vaters, mit uns Kindern geflüchtet ist – und damals war es noch etwas leichter, als Flüchtling, als politisch Verfolgter Asyl zu bekommen in Deutschland."

„Oh ja, so etwas wie ein Asylrecht, das seinen Namen verdienen würde, gibt es in Deutschland inzwischen so gut wie nicht mehr …"

Der Mann nickte nachdenklich mit dem Kopf und sah eine Weile vor sich hin. Etwas, eine Intuition, eine Reminiszenz, ein Gedankenblitz schien ihn unverhofft ergriffen zu haben. Er sah mich interessiert an, mir schien sogar etwas Spöttisches in seinem Blick zu liegen:

„Jetzt müssen aber auch Sie mir noch eine Frage beantworten …"

„… gerne!"

„Warum haben Sie vorhin immer wieder meinen kleinen Koffer inspiziert – reine Neugier?"

Ich fühlte mich spontan unwohl, wieder mal ertappt, versuchte, mir nichts anmerken zu lassen:

„Ja, natürlich, Neugier. Ich meine, also, Sie haben Ihren Koffer die ganz Zeit fest im Griff gehabt – mir schien, dass in Ihrem Koffer etwas, ähm, sehr Wichtiges, sehr Wertvolles ist. Und da macht man sich doch seine Gedanken …"

Der Mann sah mich fragend an, jetzt konnte ich ihm beim Denken fast zusehen. Plötzlich warf er sich wieder in seinen Sitz zurück, klopfte sich erneut auf den Oberschenkel und lachte abermals kurz auf – ein Lachen ungläubigen Erstaunens:

„Das glaube ich jetzt nicht – oder soll ich es doch glauben? Ich kombiniere: Sie sehen einen südländischen Typen, der seinen Aktenkoffer fest im Griff hält, der Sie nach Gott fragt, der Sie animiert, sich über die Ursachen des internationalen Terrorismus zu äußern …" Der Mann lachte gellend auf und klopft sich wieder auf den Schenkel. „Das glaube ich jetzt nicht – Sie meinen wohl, ich sei ein Terrorist, ein Selbstmordattentäter mit Ziel Berliner Regierungsviertel, den Koffer voller Sprengstoff …" Er brach wieder in Lachen aus. „Köstlich, köstlich …"

Ich saß da und fühlte mich wie ein belämmerter, auf frischer Tat erwischter Vollidiot. Die Sache war mir ungemein peinlich. Wahrscheinlich hatte ich rote Backen.

„Sie haben ja ganz rote Wangen!" Wieder lachte der Mann gellend auf.

Mich rettete die Durchsage, dass der Zug in wenigen Minuten am Hauptbahnhof Berlin sei. Ich musste weiter bis Berlin Südkreuz. Der Mann stand unvermittelt auf. Er sah mich kümmerlich in meiner Ecke sitzen.

„Okay, ich befreie Sie von Ihren Qualen. In meinem Koffer ist eine Partitur, ein handschriftliches Unikat. Ich bin Komponist und habe gleich einen Termin in der Philharmonie beim Chefdirigenten. Von diesem Treffen hängt sehr, sehr viel für mich ab. So, sind Sie jetzt beruhigt?"

Ich brachte kein Wort heraus, lächelt ihn nur verlegen an und winkte um Vergebung bittend ab.

„Ich muss raus, war mir ein Vergnügen!"
Der Mann ging an mir vorbei, zog die Schiebetür auf, stand schon auf dem Gang, den Griff der Tür noch in der Hand, drehte sich noch mal zu mir um und streckte mir seinen kleinen Koffer ein Stück entgegen:

„Oder ist doch Sprengstoff darin?"
Er lachte laut auf, drehte ab und ging zum Ausgang.

———————

Das Geländer

„Über uns wird die Kellerwohnung frei" – das waren Harris Worte, mit denen er seine neue Wohnsituation beschrieb. Natürlich etwas übertrieben. Aber als Allegorie durchaus treffend. Die Wohnung erstreckte sich über zwei Stockwerke, das Souterrain und das Parterre. Und es war in der Tat lustig, wenn man vom Souterrain aus durch die schmalen Oberfenster die vorbeilaufenden Passanten beobachtete. Normalerweise guckt man auf Menschen mehr oder minder herab, wenn man aus dem Fenster schaut. Durch die kleinen Luken im Kellergeschoss von Harris neuem Etablissement sah man aber eher die Knöchel der Passanten. Neue, interessante Einblicke und Perspektiven.

Die Miete der Wohnung im Hamburger Rauschweg war sehr, sehr günstig. Aber das hatte, fast könnte man sagen: seinen Preis. Zu entrichten in Form einer gewissen Klapprigkeit der ganzen Immobilie mit sechs Wohneinheiten, wenn ich es recht erinnere. Aber wir haben damals noch studiert, hatten kein Geld, und da war man über solch ein Quartier natürlich heilfroh.

Ich wohnte – und wohne noch immer – um die Ecke, keine zweihundert Meter Luftlinie entfernt von Harris neuem Domizil. Aber im dritten Stock. Da guckt man dann in der Tat auf die Glatzen oder Dauerwellen des vorbeilaufenden Volks, wenn man morgens die Fenster öffnet, um zu lüften und ein paar kräftige Züge frischer Luft zu genießen.

In jener Zeit war ich weit öfter in Harris Wohnung als er in meiner. Nicht, weil wir Knöchel schöner fanden als Glatzen oder Dauerwellen, sondern weil ich bei Harri im Souterrain mein Übungsschlagzeug aufstellen konnte. Das störte dort unten Nachbarn weit weniger als bei mir im dritten Stock. Obwohl so ein Übungsschlagzeug nur

‚Trommeln' aus Hartgummi hat, also insgesamt recht leise ist, kriegt man den Trittschall nicht ganz weg, den die Fußmaschine verursacht, wenn sie auf die ‚Basstrommel' schlägt. Speziell natürlich in einem Altbau mit Holzfußboden und Deckenbalken. Wie meinem eben.

Also war ich im Schnitt wohl an fünf Tagen der Woche für ein Stündchen im Souterrain von Harri. Und trommelte. Danach setzten wir uns oft noch in seine große Wohnküche, ebenfalls im Kellergeschoss, quatschten und tranken ein Bierchen. Oder zwei. Sobald es die Temperaturen zuließen, hockten wir uns nicht selten auch auf die Treppe vor der Haustür, Harris Balkon quasi. Einer nur ganz kleinen Treppe mit bloß vier, fünf Stufen bis zum Bürgersteig.

Damals waren wir noch so doof und rauchten – obwohl wir das in unserer jungmännlichen Sturm-und-Drang-Periode natürlich voll cool fanden. Es war aber schon die Zeit, als mehr und mehr Raucher am offenen Fenster, auf dem Balkon oder der Terrasse qualmten. Oder eben auf der Freitreppe. So auch Harri und ich.

Die Besonderheit dort auf der kleinen Treppe war, dass man keinen Aschenbecher brauchte. Nein, wir schnippten die Kippen nicht auf die Straße oder ins Gebüsch. Links und rechts der Treppe war vielmehr ein Geländer aus runden verzinkten Stahlrohren installiert. An, wenn ich es recht erinnere, jeweils zwei Stellen befanden sich in Griffnähe runde kleine Löcher, wohl produktionsbedingt, mit vielleicht einem Zentimeter Durchmesser. Dort steckten wir unsere Kippen, niedergeraucht fast bis zum Filter, rein, Brandgefahr bestand in dieser Stahlhülle natürlich nicht. Die perfekte Entsorgung.

Das ging so, je nach Wetterlage, ein ganzes Frühjahr, den Sommer durch und bis in den Herbst hinein. Irgendwann stellten wir uns die Frage, was wir denn tun sollten, wenn das Geländer vollgeraucht ist? Verschiedene Ideen und

Modelle wurden ventiliert – von der reumütigen Reaktivierung eines Aschenbechers bis hin zur Möglichkeit, dass Harri sich eine neue Wohnung sucht. Mit neuem Geländer in gleicher Bauweise, versteht sich. Irgendwelche Holzdinger oder Flachstahlkonstruktionen ohne Loch waren natürlich ein absoluter Ausschlussgrund – selbst wenn die zugehörige Immobilie an der Elbchaussee stünde in bester Lage. Ein Leben ohne Geländerloch ist möglich, aber nicht wirklich sinnvoll.

Es trug sich dann aber so zu, dass Harri seine neue große Liebe des Lebens kennenlernte. Das kam bei Harri nicht selten vor. Wir saßen mal zusammen und versuchten zu rekonstruieren, wie viele große Lieben des Lebens er schon hinter sich hatte. Wir haben schnell aufgegeben.

Auf jeden Fall zog Harri recht bald mit seiner neuen großen Liebe des Lebens zusammen. In die Wohnung von Anna, wie sie hieß. Zwar auch in Altona, aber doch ein Stück entfernt.

Zunächst machte ich Harri schwere Vorwürfe, weil das Geländer noch gar nicht vollgeraucht war. Aber ich verzieh ihm dann doch recht schnell, weil so eine neue große Liebe fürs Leben Geländerlöcher, man munkelt, womöglich doch in den Schatten stellt. Zumindest zeitweise. Ich glaube, Harris damalige große Liebe fürs Leben war seine – inzwischen – viertletzte.

Ich gehe auf meinem Weg in mein Stadtviertel immer wieder mal auch durch den Rauschweg, also an Harris alter, wie man sagen könnte, Kellerwohnung mit ausgebautem Dachgeschoss vorbei. Und ich äuge natürlich auch immer wieder auf das Treppchen samt Geländer. Skeptisch über die rechte Schulter. Aber ich habe dort nie mehr jemand sitzen sehen. Lange, lange Jahre nicht. Das Geländer scheint immer noch nur zur Hälfte vollgeraucht zu sein. Eine Schande. Womöglich sind dort Nichtraucher eingezogen. Oder gar Menschen, zwielichtige Gestalten, die das Tageslicht scheuen. Man weiß ja nie.

———————————

Der junge BWL-Student

Während ich las, huschten öfter Menschen durch mein Blickfeld. Mal blieben sie kurz stehen, um jemanden vorbeizulassen in dem schmalen Gang vor meinem Tisch. Ich nahm das irgendwie wahr, am Rande, beiläufig, selten bewusst. Manchmal aber schon. Wie jetzt. Irgendjemand stand, schien mir, schon etwas länger vor mir. Die Spitzen seiner Schuhe zeigten auf mich, nicht die Absätze. Er sagte etwas. Zu mir? Ich sah auf. Vermutlich mit fragendem Blick. Ein junger Mann stand vor mir. Er lächelte verlegen aus einem rosigen, leicht schwitzigen Gesicht.

„Entschuldigung, aber darf ich …" Er stockte kurz, sein Blick glitt noch mehr ins Verlegene. „… darf ich Sie kurz etwas fragen?"

Ich lächelte ihn an. Er war mir trotz seiner leichten Verklemmtheit durchaus sympathisch. Zumal ich ihn, zumindest optisch, schon seit einiger Zeit kannte. Er war mit seinen Kumpels schon öfter in der Taverne, in der ich mein Feierabendbier trank bei Lektüre irgendwelcher Fachzeitschriften oder Sachbücher.

„Unbedingt!"

Der junge Mann war sichtlich überrascht von meiner freundlichen Offenheit – beim konzentrierten Lesen wirkt man auf Außenstehende eher verschlossen und, ob gewollt oder nicht, abweisend. Jetzt strahlte er übers ganze Gesicht.

„Ja, sehr schön, also – also was ich fragen wollte. Bitte verstehen Sie das nicht falsch. Aber ich habe Sie hier schon sehr oft gesehen über die Jahre. Und immer sitzen Sie da und – lesen."

„Das soll in den besten Familien vorkommen!" Ich sagte das einfach so, ohne viel nachgedacht zu haben.

Der junge Mann lachte kurz auf. Jetzt war er schon etwas lockerer. „Also – ich bin einfach total neugierig …" Sein Lächeln war nun ganz offen und authentisch und vor allem auch erwartungsvoll.

„Das ist eine sehr schöne Eigenschaft, ohne die wir Menschen noch immer auf den Bäumen sitzen würden." Indem ich es sagte, kam mir spontan der Gedanke, dass das womöglich gar nicht so schlecht wäre – angesichts des ganzen Irrsinns, den die Menschheit mit Verbissenheit exekutiert, als gäbe es kein Morgen mehr.

„Ja, stimmt, ohne Neugier sähe die Welt schon recht düster aus …"

Der junge Mann war mir schlagartig noch sympathischer. „Na, worauf sind Sie denn neugierig?"

Mein Gegenüber trat nun wieder etwas verlegen auf der Stelle, nahm sich dann aber sichtlich zusammen: „Also – ich würde einfach ganz gerne wissen, was Sie da immer lesen. Und was Sie sonst so tun, also beruflich. Ich bin einfach nur total neugierig …"

„Och, das ist ganz einfach. Ich bin so eine Art freier Schreiberling. Und in den Bereichen, in denen ich wissenschaftlich arbeite und über die ich schreibe, muss man halt sehr fit sein und den Überblick haben – und auch in die Tiefe gehen und, sage ich mal, eben auf dem Stand der Wissenschaft sein und bleiben."

„Welche Wissenschaft ist das denn?"

Ich wollte gerade antworten, als der junge Mann gleich wieder loslegte.

„Also, ich habe mal hier und da, als ich bei Ihnen vorbeiging, beim Kommen oder Gehen oder auf dem Weg zum, ähm …

„… Klo …"

„… ja, genau, also da habe ich mal einen Blick auf Ihre Lektüre geworfen, wenn sie noch zugeschlagen war und man den Titel sah. Nein, nicht, dass ich Sie beobachtet hätte …"

„… klar, Sie waren ja nur neugierig …"

„… genau, neugierig, einfach nur im Vorbeigehen habe ich einen kurzen, wirklich nur ganz kurzen Blick geworfen. Und da sah ich mal was Naturwissenschaftliches, mal aber auch was Politisches und Ökonomisches …"

„… das haben Sie sehr genau beobachtet! Im Vorbeigehen …"

Der junge Mann sah mich mit großen, erwartungsvollen Augen an. Ich sollte wohl weiterreden.

„Also, das sind in der Tat die beiden Bereiche, in denen ich arbeite – politische Ökonomie und Naturwissenschaften aus naturphilosophischer und erkenntnistheoretischer Perspektive."

„Mensch, das klingt ja sehr kompliziert! Und so was lesen Sie hier spät abends, wenn andere hier sitzen und essen und trinken und lachen und Krach machen? Dabei können Sie sich konzentrieren?"

„Bestens! Das Lärmen hier ist für mich wie Hintergrundrauschen. Wie wenn ich an einem Meer sitzen würde mit heftiger Brandung und sausendem Wind."

„Interessant …"

„Oder sehen Sie es umgekehrt. Wenn ich hier von links oder rechts einen interessanten, intelligenten Satz hören würde, müsste ich sofort zuhören und es wäre vorbei mit meiner Konzentration auf meine Lektüre – es sei denn, die wäre noch interessanter und intelligenter als das Gespräch zur Linken oder Rechten …"

Der junge Mann schmunzelte. „Das heißt also, dass wir hier alle kompletten Blödsinn reden?"

„Ja klar, aber verstehen Sie das nicht falsch – auch ich rede in der Regel kompletten Blödsinn, wenn ich hier am früheren Abend mit Freunden auftauche, um etwas zu essen und zu trinken und eben einfach etwas Blödsinn zu reden und gute Laune zu haben. Man geht mit Freunden abends ja nicht aus, um hochwissenschaftliche Diskussionen zu führen, sondern um sich zu amüsieren …

„… so wie ich mit meinen Freunden heute …" Der junge Mann drehte sich kurz zu seinen Leuten um, die ein paar Tische weiter saßen. Die waren aber ganz in ihr Gespräch, ihr Essen und ihre Biergläser vertieft. „Also Sie …"

„… ich heiße übrigens Noah …" Ich lächelte den jungen Mann an und streckte ihm meine Rechte zum Gruße entgegen.

Der junge Mann schlug freudig ein. „Sehr nett, danke, ähm, Noah. Ich heiße Jonas …"

„Jonas, schöner Name! Und überhaupt: Setzen Sie sich doch, bevor Sie sich hier die Beine in den Bauch stehen, kurz an meinen Tisch."

„Ich will aber nicht stören – und ich will ja irgendwann auch wieder zu meinen Kumpels rüber …" Jonas drehte sich wieder flüchtig zu seinen Freunden, von denen jetzt in der Tat einige zu uns lugten. Er machte in ihre Richtung eine knappe Handbewegung, wie wenn er sagen wollte: „Sachte, sachte, ich komme gleich …" Jonas zog einen Stuhl zu sich und setzte sich an meinen Tisch.

„Na, was wollen Sie denn noch so wissen?"

„Also, wie soll ich sagen, ich kann mir das gar nicht vorstellen. Ich studiere ja selbst …"

„Interessant – was denn?"

„BWL!"

„Ah ja …" Ich hoffte, dass Jonas die Ironie meiner Bemerkung nicht bemerkte. Es schien so.

„Also, irgendwie hat mein Prof mir mal erzählt, dass man vom Schreiben von Fachartikeln und Fachbüchern nicht leben kann, weil einfach die Auflagen und der Markt viel zu klein sind – und in renommierten Fachzeitschriften publiziere man oft auch ganz ohne Honorar, wegen der ‚Ehre' quasi …"

„Stimmt, genau so ist es …"

„Aber wovon leben Sie dann?"

„Och, das hätte ich vielleicht noch sagen sollen. Ich arbeite auch als freier Lektor, damit verdiene ich über neunzig Prozent meines Einkommens …"

„Mit dem Lektorat von Fachliteratur? Aber ist das nicht genauso ein Hungerjob?"

„Ja, das wäre er, würde ich nur Fachliteratur lektorieren. Aber ich bin – rein zufällig – vor langen Jahren in einen Bereich reingerutscht, der sich ‚Corporate Publishing' schimpft. Ich lektoriere zwar nach wie vor auch wissenschaftliche Arbeiten, Dissertationen etwa, aber eben auch Kundenmagazine, Geschäftsberichte oder auch – nun ja, Werbebroschüren. Und in diesem Bereich wird ganz gut gezahlt …"

„Ach so, Ihre Wissenschaften sind also eher Ihr Hobby, tagsüber Lektorat als Erwerbsarbeit, abends Ihre Wissenschaften …"

„Nein, nein, Sie müssen sich mein Lektorat vorstellen wie den Nebenjob eines Studenten, der so – als Kellner, Postbote oder Taxifahrer – sein Studium finanziert …"

„Das ist ja lustig, sie sind also so eine Art Langzeitstudent – wenn nicht ein sehr, sehr langer Langzeitstudent …" Jonas lachte. Mein fortgeschrittenes Alter war ihm natürlich nicht verborgen geblieben.

„Sehr treffend! So könnte man es ziemlich wahrheitsgetreu beschreiben. Ich arbeite sozusagen als Teilzeit-Lektor, um meine eigentliche Arbeit in meinen Wissenschaften, die kaum was abwerfen, finanzieren zu können."

„Sie arbeiten also quasi, um arbeiten zu können …" Jonas Miene zeugte von nicht wenig Skepsis.

„So könnte man es beschreiben, aber ich spreche in diesem Kontext eigentlich lieber von der Ekstase des aufrechten Gangs …"

„… von was?"

„Von der Ekstase des aufrechten Gangs, so hat das mal ein schlauer Mensch beschrieben. Marx sprach eher von der universellen Entfaltung der Persönlichkeit …"

„… von was?"

„… von der universellen Entfaltung der Persönlichkeit …"

„Das müssen Sie mir jetzt aber etwas genauer erklären, jedoch …" Jonas drehte sich kurz in Richtung Tresen und bedeutete Andreas, der heute Dienst an der Zapfsäule hatte, mit einer Kringelbewegung in der Luft, dass eine neue Runde doch recht nett wäre. „Du bist eingeladen!"

„Och, das wäre doch nicht nötig gewesen, aber schönen Dank. Also – ähm, was wollte ich sagen?"

„… die universelle …" Jonas war sichtlich interessiert.

„Stimmt, genau. Also, die Sache ist eigentlich ganz einfach. Ich arbeite im Schnitt zwei Tage in der Woche als Lektor und habe dann fünf Tage in der Woche Zeit für die Ekstase des aufrechten Ganges, eben die universelle Entfaltung der Persönlichkeit in meinen Wissenschaften, in den Künsten, meiner Musik, in der Liebe, in der Freundschaft, also in allem, was das Leben schön macht und einen Sinn verleiht."

Jonas sah mich voller Unverständnis an, wie einen Menschen von einem anderen Planeten. Er schien intensiv nachzudenken. „Du kannst von zwei Tagen Lektorat …"

„… Erwerbsarbeit, ich nenne es Erwerbsarbeit …"

„… von zwei Tagen Erwerbsarbeit leben?"

„Ja, sehe ich denn so verhungert aus?"

Wenn die Phrase, dass jemand Bauklötze staune, nicht schon so abgeschmackt wäre, könnte man durchaus sagen, dass Jonas regelrecht Bauklötze staunte: „Verdienen Sie …" Jonas verfiel immer wieder in das Sie zurück. „… denn so viel mit Ihrem Lektorat?"

„Auf einen Vierzigstundenjob über fünf Tage in der Woche hochgerechnet wäre es schon recht ansehnlich, aber davon sind es eben nur zwei Fünftel. Das ist jedoch nur die eine Seite …"

„… und die andere wäre?"

„Kostenreduktion, bis es quietscht, bis der Arzt kommt. Vom Lebensmodell ‚Konsum und Karriere' muss man sich natürlich verabschieden."

Jonas schien intensiv nachzudenken. Sein Blick war ein Amalgam aus Erstaunen, Skepsis und Fragezeichen.

„Also schau mal." Ich deutete mit dem Finger auf ein sogenanntes dickes Auto, das draußen – wir saßen direkt am Fenster – geparkt war. „Conny, einer der Kellner hier, er ist heute nicht da, hat mir vor einiger Zeit gesagt, dass dieses Auto um die achtzigtausend Euro kostet. Es gehört einem St.-Pauli-Star, der hier öfter einkehrt – wir sitzen ja quasi in einer St.-Pauli-Fanclub-Taverne …"

„… klar, ich weiß, Paulis Mittelstürmer sitzt mit seinen Leuten an unserem Nachbartisch …" Jonas deutete, ohne sich umzudrehen, kurz mit dem Daumen über seine Schulter hinweg in besagte Richtung.

„Nun, allein der Anschaffungspreis dieses Suffs …"

„… was? Du meinst SUV, also EsJuWi?" Jonas betonte jede Silbe in nahezu perfektem American English.

„Ja, kleiner Scherz am Rande, ich meinte diesen Suff, also EsJuWi – allein vom Anschaffungspreis, die laufenden Kosten also nicht gerechnet, könnte ich fast fünf Jahre leben. Fast fünf Jahre freie Entwicklungszeit, Reich der Freiheit, Ekstase des aufrechten Ganges, universelle Entfaltung der Persönlichkeit …"

„Aber so ein Auto macht doch auch Spaß …" Jonas schmunzelte ungläubig und auch etwas neckisch.

„Es macht Spaß, hier in der Stadt mit so einem Citypanzer, der fast drei Tonnen wiegt, im Stop-and-go von roter Ampel zu roter Ampel zu kriechen? Mit dem Rad bin ich schneller …"

Jonas strich sich nachdenklich mit der Hand übers Kinn und warf dem Automobil draußen einen prüfenden Blick zu. „Nun ja, man muss ja nicht gleich so ein Monster fahren, ein Kleinwagen tuts ja auch."

„Ich fahre auch keinen Kleinwagen. Hier in der Stadt brauche ich meine Beine, mein Fahrrad und ganz selten mal Bus und Bahn. Selbst der kleinste Kleinwagen kostet im Monat, alle Kosten eingerechnet, an die dreihundert Euro …"

„Wie bitte?"

„Du kannst das gerne nachschlagen in Tabellen, die vom ADAC publiziert und permanent aktualisiert werden – einer nicht gerade autofeindlichen Institution. Gibts im Netz. Ganz umsonst. Bei einem Mittelklassewagen bis Du bei etwa fünfhundert Euro im Monat, bei der Oberklasse bei sieben- bis achthundert Euro und bei den dicken Autos ist man dann bei tausend Euro monatlich – aufwärts ..."

Jonas runzelte die Stirn.

„Gebe in Deine Suchmaschine einfach ein ‚Autokosten ADAC', dann findest Du die entsprechenden Tabellen ganz schnell. Wenn man die Kosten eines Kleinwagens auf fünfundvierzig Jahre hochrechnet – so lange ist mein achtzehnter Geburtstag schon her –, dann ist man bei einer Größenordnung von gut einhundertsechzigtausend Euro …"

„Was?"

„… die ich nicht verdienen musste, für die ich keine Erwerbsarbeit leisten und damit Lebenszeit vergeuden musste …"

„Das ist ja kaum zu glauben …" Jonas Stirn lag in Falten.

„Zücke Dein Smartphone, dann kannst Du alles auf der Stelle recherchieren und nachrechnen – Du kannst mir aber auch einfach glauben, ich beschäftige mich mit diesen Fragen seit Jahrzehnten. Es ist ja gerade mein ‚Job', das Reich der Notwendigkeit, also vor allem der Erwerbsarbeit, so weit wie möglich zu reduzieren – zugunsten des Reiches der Freiheit und freier Entwicklungsmöglichkeiten …"

„Okay, nehmen wir mal an, das sei alles so …"

„Es ist alles so." Ich betonte das ‚ist‘ mit erhobenem Zeigefinger. „Wenn ein Durchschnittsverdiener auf sein Durchschnittsauto ‚verzichtet‘ und seine Arbeitszeit entsprechend reduziert, macht er ökonomisch wie zeitlich einen Gewinn. Danach ist er reicher in beiderlei Hinsicht …"

„Aber warum sollten Menschen, die einen tollen Job haben, den nun unbedingt reduzieren wollen?" Jonas sah fast etwas triumphierend aus.

„Na, dann frage ich mich, warum so viele Leute mit ‚tollem Job‘ dennoch dieses massive Fluchtbedürfnis haben …"

„… Fluchtbedürfnis?"

„Das Bedürfnis zu flüchten in Richtung Feierabend, Wochenende oder Urlaub. Kein Job ist ‚toll‘, den man acht Stunden täglich und fünf Tage die Woche absolvieren muss. Kein Mensch kann acht Stunden täglich wirklich kreativ sein. Das meiste, was die Menschen in ihren ‚tollen‘ Jobs machen, ist Routine, Wiederholung, automatisiertes Abspulen automatisierter Handlungsabläufe. Nehmen wir mal an, Dein BWL-Studium sei Dein Traumstudium in Vorbereitung Deines Traumjobs – kannst Du acht Stunden täglich lesen, Lehrbücher büffeln und dabei wirklich etwas lernen, auch noch nach der dritten, spätestens vierten Stunde? Acht Stunden täglich Seminararbeiten schreiben? Ich lese und schreibe quasi hauptberuflich, und zwar seit Jahrzehnten, habe also sehr viel Erfahrung – nach drei, vier Stunden täglicher Lese- oder Schreibarbeit ist der Ofen aus, drei, vier Stunden kann man kreativ sein, reinhauen, ordentlich was schaffen, danach kommt die Qual, häufen sich die Fehler, sinkt die Leistungsfähigkeit rapide, dann holt man sich einen Kaffee nach dem anderen aus der Küche, obwohl der schon gar nicht mehr schmeckt, geht gehäuft mal, falls man noch raucht, eine rauchen, versucht, die Zeit irgendwie rumzubringen – wenn man Festangestellter und im Büro des Arbeitgebers interniert ist und nicht Freiberufler, der zu Hause oder in seinem eigenen Büro frei bestimmen kann, wann und wie er arbeitet …"

Man konnte Jonas wieder beim Denken zusehen. Ein paar typische Fingerbewegungen wiesen darauf hin, dass er irgendetwas zu berechnen schien.

„Okay, das mit den Jobs stimmt schon, acht Stunden Kreativität am Tag geht überhaupt nicht. Aber mir ging eben noch mal durchs Hirn, was Du vorhin gesagt hast in Sachen Ersparnis von Arbeitszeit und Geld, wenn man sein Auto abschafft und entsprechend seine Arbeitszeit reduziert. Das erklärt aber quasi nur ein Fünftel Zeit- und Kostenersparnis – wenn ich eben richtig gerechnet haben sollte im Kopf und auf die Schnelle. Du hast Deine Erwerbsarbeit aber um drei Fünftel auf zwei Fünftel reduziert …"

„Stimmt, aber das Automobil – vor allem das in unseren Städten – ist ja nur das schlimmste Beispiel zeitökonomischen Irrsinns …"

„… und was wären andere Beispiele?"

„Es ist lustig, über ein weiteres Beispiel habe ich gerade gestern mit einem alten Freund, er lebt in Berlin, via Telefon gesprochen, wenn nicht – gestritten …"

„Ich bin gespannt …"

Andreas brachte zwei Biere und gleich noch zwei Ouzo auf Kosten des Hauses. Wir bedankten uns brav.

„Also, meinen Freund in Berlin sehe ich leider nur selten. Und wenn wir uns treffen, dann werden natürlich vor allem die wichtigen Dinge des Lebens erzählt. Nun, gestern offenbarte mir mein Freund, quasi beiläufig und ohne eine spezielle Absicht, dass er seit langen Jahren Kunde eines Fitnessstudios sei – und im Monat siebzig Euro Nutzungsgebühr bezahle …"

„Jo, das sind so die Tarife, die ich kenne, von Freunden und so …" Jonas griff zum Ouzo.

Wir stießen kurz an und nippelten am Ouzo. Jonas wurde mir spontan noch sympathischer, weil er den Ouzo nicht achtlos runterkippte, sondern eben nur genüsslich daran nippelte.

„Also, auch die Institution Fitnessstudio ist ökonomischer und zeitökonomischer Irrsinn – man kann zum gleichen Ergebnis, einen wohltrainierten Körper, mit weit geringerem Zeitaufwand und nahezu null Finanzaufwand kommen …"

„Wie das?"

„Ganz einfach, man kauft sich einmalig eine Reckstange, die man zu Hause zwischen zwei Türpfosten schraubt, zwei Paar unterschiedliche schwere Hanteln – und los geht es zu Hause mit …"

„… na, das haben sich schon viele vorgenommen, aber da fehlt es doch einfach oft an Motivation …"

„Wie? Fürs Fitnessstudio brauche ich doch viel mehr Motivation. Ich muss mich anziehen, meine Sportsachen zusammenpacken, dann irgendwie zum Fitnessstudio fahren, womöglich durch Regen oder Schnee, mich dort wieder umziehen – und erst dann kann ich loslegen. In der Zeit bin ich zu Hause mit meinen Übungen schon fertig und frisch geduscht. Und alles umsonst …"

„Und warum machen das dann so wenig Leute, warum rennen sie dann alle ins Fitnessstudio?" Jonas schlürfte den letzten Rest Ouzo aus seinem Glas.

„Das musst Du diese Leute fragen!" Ich tat es ihm nach. „Ich glaube schon, dass es motiviert, wenn man für ein Fitnessstudio bezahlt – dann will man das auch nutzen, was haben fürs Geld. Zu Hause muss man sich schon überwinden …"

„Warum soll ich mich überwinden müssen für etwas, was mir Spaß macht, was ich will, weil ich weiß, dass es mir guttut? Man muss im Hirn einfach den Schalter umlegen von ‚bewegen müssen' auf ‚tanzen dürfen' …"

„Tanzen?" Jonas guckte spöttisch.

„Ja, man legt rhythmische, gut tanzbare Musik auf und macht dazu seine rhythmischen Übungen …"

Hinter Jonas stand plötzlich einer von Jonas Freunden, ich hatte ihn erst gar nicht bemerkt.

„Tach!" Er sah mich freundlich an und legte dann seine Hände auf Jonas' Schultern. „Wir wollten mal so langsam los und weiter auf die Piste!"

„Ach, tut mir leid, ich habe mich hier völlig verplappert …"

„Nein, nein, ich muss mich entschuldigen." Ich meinte es durchaus ernst. „Ich habe Ihren Freund, also Jonas, ja ziemlich zugetextet …"

Jonas sagte seinem Freund, dass er gleich komme. Der winkte mir noch kurz zu und drehte ab. Jonas sah mich nachdenklich an. „Bestimmt könntest Du mir noch eine Menge anderer Beispiele für zeitökonomischen Irrsinn auflisten – wie ich Dich inzwischen ‚kenne'." Jonas schrieb in der Tat Anführungszeichen in die Luft.

„Auf jeden Fall! Aber Du musst jetzt wirklich los, Deine Freunde warten. Wir können unser Gespräch gerne ein anderes Mal weiterführen. War mir ein Vergnügen!"

Jonas gab mir freundlich die Hand, stand halb auf, stockte kurz und setzte sich gleich wieder hin. „Wenn ich das alles meinem BWL-Prof erzähle, wird der mich bestimmt aus dem Seminar werfen …"

„Das hoffe ich doch nicht! Vielleicht kannst Du Deinem Prof ja eine neue BWL vorschlagen, eine BWL der Nachhaltigkeit, eine im Dienste der universellen Entfaltung der

Persönlichkeit, wenn nicht gar der Ekstase des aufrechten Ganges! Eine BWL, die nicht an einem quantitativen immer Mehr arbeitet, mehr Produktion, mehr Umsatz, mehr Gewinn, sondern eine, die allein an mehr Qualität interessiert ist, an weniger Ressourcenverbrauch, an längerer Haltbarkeit der Produkte – und an eine Verwandlung von Produktivitätsfortschritten in immer kürzere Arbeitszeiten statt in immer mehr Produkte. Du weißt schon – zugunsten der Ekstase des aufrechten Ganges …"

„Ich werde allen Mut zusammenfassen! Aber vielleicht wird mein Prof mich auch einfach nur köpfen …" Jonas lachte laut, stand auf, verabschiedete sich erneut und ging. Ich schlug meine Fachzeitschrift wieder auf und las weiter.

———————————

Der Schal

Eigentlich wollte ich nur einen neuen Schal. Nichts weiter. Es durfte keine Schafwolle sein und auch kein Plastik. Beides konnte ich auf der Haut nicht ertragen. Vor allem, wenn ich schwitzte. Und das tat ich alter Radfahrer sehr oft. Also blieben Baumwolle, Viskose oder Seide. Und schwarz sollte er sein. Mehr nicht. Schwarz passt zur Hochzeit wie zur Beerdigung. Zum Bewerbungsgespräch – okay, da trage ich selten Schals – oder auch im normalen Alltag. Und Schwarz war und ist die Farbe der Anarchie. Also auch meine. Und auch die Farbe – eigentlich ist Schwarz gar keine Farbe – der Fahnen des ersten FC St. Pauli. Meinem Kiezverein. Aber das ist hier nicht so wichtig. Weil auch die St. Paulianer selten mit Schal spielen. Die Fans schwenken maximal den schwarzen Schal mit weißem Totenkopf-Emblem in der Westkurve. Hier und da auch in der Ostkurve. Man munkelt.

Viel wichtiger war mir mein neuer Schal. Baumwolle, Viskose oder Seide. Und schwarz. Sollte doch kein Problem sein, so einen zu ergattern. In der Groß- und Weltstadt Hamburg. Dem Einkaufsparadies im hohen Norden, wo ich wohnte und wohne. Dachte ich.

Ich fuhr mit dem Rad in die Innenstadt. Zunächst zum Alsterhaus. Dem Kaufhaus des Westens im Norden. Kein Schal, schwarz, aus Baumwolle, Viskose oder Seide, war dort zu haben. Nennen wir diese Kombination die Omega-Variante. Das verkürzt die Sache im Folgenden. Omega ist der letzte, der finale Buchstabe im griechischen Alphabet. Ich wollte also den Schal schlechthin, das finale Modell, die Omega-Variante.

Tausend andere Modelle waren zu haben im Alsterhaus. Grellbunte, karierte, gestreifte, sonst wie gemusterte. In allen Farben. Vor allem hässlichen. Und solche aus Wolle – oder Plastik. Nicht die Omega-Variante.

Ähnliches, Gleiches musste ich bei Karstadt erfahren, bei Horten, bei einigen etwas teureren Herrenausstattern. Keine Omega-Variante. Nirgendwo. Horten? Man muss wissen, dass die Aktion über dreißig Jahre her ist. Es gab noch kein Internet. Niemand hatte ein Smartphone. Amazonen waren noch Fabelgestalten aus der griechischen Mythologie.

Inzwischen war es Nachmittag – morgens gegen zehn war ich losgefahren. Noch immer kein Schal. Man muss auch wissen, dass ich ein amtlich beglaubigter Einkaufshasser bin. Denn Einkaufen, auch nur einer neuen Hose, lief damals, also vor über dreißig Jahren, ungefähr so ab: Ab in die Innenstadt, in einen Klamottenladen, eine halbwegs gefallende Hose vom Ständer aussuchen, rein in die muffige, nach Schweiß stinkende Umkleidekabine. Passt nicht. Ausziehen, die eigene Hose wieder anziehen. Falls man es nicht vergisst. Wieder raus, in der Hoffnung, die, je nachdem, größere oder kleinere Variante zu finden. Man sucht lange, findet sie nicht, bemüht die Verkäuferin. Mit Glück findet man zumindest die. Nein, die kleinere Variante sei gerade nicht da. Also probiert man eine andere Hose. Die gibt es zwar in der richtigen Größe, aber so richtig doll findet man sie nicht. Dennoch geht man wieder in die Umkleidekabine. Das Prozedere beginnt von Neuem.

Was ich sagen will: Wer so etwas, also Einkaufen, toll findet, gehört in die Klapse. Abteilung Perverse. Schweißfetischisten. Shopping rangiert in meiner nach unten weit offenen Beliebtheitsskala noch vor Zahnwurzelbehandlung und gleich hinter Darmspiegelung.

Irgendwann gab ich auf. Es war schon gegen drei des Nachmittags. Fünf Stunden wertvolle Lebenszeit waren vergeudet. Ich fuhr eine zwar längere, aber auch schönere Strecke zurück. Unter anderem durch das Hamburger

Karolinenviertel. In sachtem Tempo radelte ich die Markt-
straße entlang. Quasi die Hauptstraße des kleinen Quar-
tiers. Und ich kam bei „Herr von Eden" vorbei, einem edlen Herrenausstatter in diesem ansonsten, damals noch,
ziemlich heruntergekommenen Kiez. Ein Schnöselladen
vor dem Herrn, in dem ich bis dahin noch nie war. Aber
im Karoviertel irgendwie Kult. Nein, nicht irgendwie, sondern einfach nur – Kult. Den Laden, wir schreiben das Jahr
2022, gibt es noch immer.

Auf jeden Fall: Ich fuhr langsam vorbei – und sah in einem der Schaufenster einen Schal. Groß ausgebreitet auf
einem entsprechenden Bügel, ein Sonderangebot, nicht zu
übersehen. Einen schwarzen Schal! Ich griff so kräftig wie
reflexartig in die Bremsen, sprang vom Rad, schloss es am
nächsten Verkehrsschild an und stürmte in den Laden. Ein
Herrenausstatter empfing mich. Man darf so etwas zwar
nicht – mehr – sagen, aber er war schwul bis unter die
Schädeldecke. Jedes Klischee stimmte. Alles. Seine Stimme. Die Körpersprache. Die Klamotten, die er trug. Alles.
Wunderbar. Er war mir sofort ungemein sympathisch. Ich
kam und komme mit homosexuellen Männern oft besser
klar als mit Exemplaren vom anderen Ufer, meiner eigenen Sorte. Es geht in der Regel friedlicher, freundlicher zu.
Ollo, ein guter Freund von mir, selbst Hetero, meinte mal:
Gäbe es nur Schwule – es gäbe wohl keine Kriege mehr!
Aber das nur am Rande.

Viel wichtiger war im Moment der Schal im Schaufenster. Der schwarze Schal. Aus welchem Material er denn
sei, fragte ich. Er, der Herrenausstatter, glaube, wenn er
sich recht erinnere, aus Wildseide, aber man könne ja mal
gucken. Aus Wildseide! Das klang schon mal gut. Der
Herrenausstatter ging schwingenden Hinterns voran in
Richtung Schaufenster, ich hinterher – irgendwie bekam
der Begriff Herrenausstatter in diesem Moment für mich
eine ganz neue Bedeutung. Aber egal.

Am Schaufenster angekommen griff der Herrenausstatter den Bügel mit dem Schal. Dem schwarzen Schal. Guckte, fühlte, sah auf das Preis- und Info-Schild. Ja, Wildseide sei es. Und sogar ein Sonderangebot. Reduziert, also im Preis, um fünfzig Prozent! Ja, was das Teil denn koste, fragte ich. Nur sechzig Mark! Damals gab es noch Mark, nicht Euro. Das Teil muss also mal einhundertzwanzig Mark gekostet haben. Unglaublich.

Ich schluckte. Sechzig Mark waren unfassbar viel Geld – für einen bettelarmen Studenten. Aber ich rechnete blitzartig im Schädel nach. Ich war seit inzwischen fast sechs Stunden unterwegs. Und hatte noch immer keinen Schal. Wie viele Stunden, wenn nicht Tage, wollte ich noch opfern für einen neuen Omega-Schal? Keine einzige Stunde mehr, keine einzige Minute. Sagte ich mir nach ungefähr zwei Sekunden Bedenkzeit.

Das sei ja ein ganz dolles Angebot für solch einen dollen Schal, sagte ich dem Herrenausstatter. Ich nähme es. Das Angebot. Also ihn, den Schal. Den schwarzen Schal.

Der Herrenausstatter wackelte mir voraus, ich zahlte, entschwand und war bald zu Hause. Mit einem Schal der Omega-Klasse.

Ich war lange Jahre, weit über ein Jahrzehnt, von dem Teil begeistert. Es saugte Schweiß auf literweise. Es war luftig leicht und hielt dennoch sehr warm. Und es sah, aus dicken, sehr dicken Naturseidefäden gewebt, auch richtig schick aus. Peu à peu entsorgte es sich über die Jahre aber durch den Flusensieb meiner Waschmaschine. Irgendwann musste ich die kümmerlichen Überreste in der Biotonne entsorgen. Es kam fast einer Beerdigung gleich. Zu der trägt man schwarz. Sie wissen schon.

Wie gesagt, die ganze Sache passierte vor weit über dreißig Jahren. Inzwischen gibt es das Internet, und die Amazonen sind der griechischen Mythologie seit langer Zeit entsprungen. Heutzutage finde ich gefühlt sechs- bis siebenhundert Angebote, wenn ich die Omega-Variante als Suchbegriff auf entsprechenden Portalen eingebe – Schal, schwarz, Baumwolle, Viskose, Seide. Und real sind es um die sechs- bis siebenhundert. Ich suche mir innerhalb weniger Minuten ein Modell aus und bestelle. Wenn es schlimm kommt, muss ich eine Portofreigenzenüberwindungs-DVD dazu bestellen. Für fünf Euro neunzig oder so. Von denen stapelt sich, noch jungfräulich in Cellophan verpackt, zwar inzwischen fast ein halber Meter bei mir zu Hause. Aber immerhin. Man kann die Teile angucken, wann immer man will. Rein theoretisch zumindest. Man muss nicht in schweißstinkende Kabinen gehen.

Ich bestelle seit langen Jahren nicht verderbliche Dinge im Internet. Vormittags bestellt, werden die Teile nicht selten schon am nächsten Tag geliefert. Oder am übernächsten. Der Paketbote bekommt natürlich ordentlich Trinkgeld, wenn er bei mir im dritten Stock ankommt. Einige kenne ich seit Jahren.

Ja, die Arbeitgeber und Arbeitsbedingungen der Paketboten sind oft erbärmlich. Noch viel erbärmlicher ist aber eine Politik, die das zulässt. Von den Leuten, die die verantwortlichen Parteien wählen, nicht zu sprechen. Die einzige Partei, die zumindest programmatisch aufseiten der kleinen Leute, der Arbeitnehmer, der Ausgebeuteten ist, kriegt bei Wahlen unter zehn Prozent. Der Rest, die im Kapitalismus alles beim Alten lassen wollen, den Rest.

Auf jeden Fall: Wer mir gegenüber noch ein Mal das übliche pseudokritische pseudolinke Gedöns in Sachen Internet und Versandhandel absondert, den werde ich niederstrecken. Genüsslich. Oder mit einem rotgelb gestreiften, schön kratzigen Schal aus Polyester würgen, bis er widerruft. Oder ihm zwei Jahre Einzelhaft verpassen in einer muffigen, stickigen, nach abgestandenem Männerschweiß miefenden Umkleidekabine. Und nein, einen frühkapitalistisch organisierten Pizzadienst darf er da drinnen nicht rufen. Warum? Sie wissen schon.

———————————

Die Rückkehr

Ferhat, er stammte aus der Türkei, arbeitete bei dem Griechen meiner Wahl seit langen Jahren. Er war ein überaus freundlicher, herzlicher, witziger und auch noch hoch effizienter Kellner – wie eigentlich alle Kellner beim Griechen meiner Wahl. Gastronomie – ich glaube, wenn ich es recht erinnere, im Fach Hotelwesen – hatte er mal richtig gelernt und auch etliche Jahre in der Türkei in besseren Restaurants und Hotels gearbeitet.

Vor zwei Jahren etwa erfüllte er sich einen Traum, von dem er mir auch ein, zwei Mal erzählt hatte, nämlich ein eigenes kleines Restaurant zu eröffnen. Er fand nach langem Suchen ein Ladenlokal, eine Art Kombination aus Bar und Restaurant, getrennt durch eine Wand mit Durchgang und Durchreiche. Es war nur einen guten Kilometer von Ferhats altem Arbeitsplatz, dem Griechen meiner Wahl, entfernt.

Aber trotz aller Anstrengungen lief sein Gastronomiebetrieb nicht gut. Einmal unternahm ich den Versuch, bei Ferhat zu essen – aber ich erwischte ausgerechnet den Ruhetag. Freunde erzählten jedoch, dass das Essen sehr gut gewesen sei bei Ferhat – ein Problem bei ihm sei aber, dass eigentlich immer alle Tische hätten besetzt sein müssen, damit sich der Laden rentiert. Das Restaurant war nämlich recht klein – fast kleiner als die Bar. Ein sehr kleines Restaurant könne nur funktionieren, wenn es aufgrund seiner sehr guten, wenn nicht Spitzenküche auf mindestens eine Woche im Voraus ausgebucht ist – nicht, wenn sich das Publikum auf Stammgäste und Laufpublikum beschränkt. Dann drücken auch nur ein, zwei zufällig nicht besetzte Tische die Umsätze unter die kritische Marke.

Wie auch immer, Ferhat musste nach einiger Zeit aufgeben. Eine Freundin erzählte es mir. Ich war etwas traurig, weil ich Ferhat natürlich Spaß und Erfolg gewünscht hatte bei seinem ersten Versuch, selbstständig zu werden, sein eigener Herr.

Zu meiner Freude hingegen tauchte Ferhat danach wieder beim Griechen meiner Wahl auf, in seiner alten Stellung. Wie wenn nichts gewesen wäre. An seinem ersten Arbeitstag empfing er mich – ich war nichts ahnend – mit einer Bierflasche in der Hand, gleich hinterm Eingang. Er hatte mich durch die große Fensterfront beim Anschließen meines Fahrrads schon gesehen. Ferhat lachte mich an, drückte mir die Flasche in die Hand, packte mich mit beiden Händen an den Oberarmen, begrüßte mich herzlich und ich zurück. Er ließ nicht los, fixierte mich, legte seine Stirn in vertikale Falten, mimte den Blick eines Detektiven und meinte dann:

„Du bist aber ganz schön dick geworden!"

„Ja, och, kann schon sein", meinte ich, „der Stress, all diese Dinge, Du weißt schon."

Jetzt griff auch ich Ferhat mit meiner Linken am Oberarm – meine Rechte hielt ja noch die Bierflasche –, fixierte ihn, mimte den Überraschten und Besorgten und meinte schließlich:

„Und Du bist ganz schön dünn geworden!" Das vierte Wort zog ich ganz schön in die Länge.

„Ja, och, kann schon sein", meinte Ferhat, „der Stress, all diese Dinge, Du weißt schon."

Ferhat wurde gerufen, er musste abdrehen. Ich ging mit meinem Bier in der Hand zum nächsten freien Tisch am Fenster. Schräg gegenüber saß ein mir fremder Mann, wohl ein Tourist, auf jeden Fall kein Stammgast, und fixierte mich ebenso grüblerisch wie freundlich bis fast bewundernd – wer hätte es nicht gerne, das Feierabendbier schon hinter der Tür der Stammkneipe in die Hand gedrückt zu bekommen? Oder war ich womöglich irgendein Promi?

Ich setzte mich und schlug meine Fachzeitschrift auf. Der nächste Artikel war über Zellbiologie. Unter anderem ging es da um Mitochondrien, die Energie-Kraftwerke der Zelle. Also auch um Fettverbrennung.

So hatte alles seinen tiefen Sinn.

———————————

Der Mann an der Tür

Es klingelte. Ich öffnete mit dem Summer die Haustür. Zunächst dachte ich, es sei einer der vielen Paketboten, die oft bei mir klingeln, um Pakete vor allem für Nachbarn abzugeben, die nicht da waren. Viele Boten wissen seit langer Zeit, dass ich in der Regel zu Hause bin, im Homeoffice, wie man heutzutage sagt.

Diesmal war es anders. Kein Piepen war zu hören, kein forcierter Anstieg eines Boten unter Zeitdruck. Vielmehr stieg ein Mensch schleppenden Schrittes die recht steile Wendeltreppe hoch. Wohl auf dem zweiten Absatz machte er eine kurze Pause. Sein Schnaufen war leise zu hören. Bei mir im dritten Stock angekommen, konnte der Mann erst mal nicht sprechen, so erschöpft war er. Er machte eine entschuldigende Geste, sah sich verwundert auf dem Treppenabsatz um und warf einen kurzen Blick auf das Namensschild an meiner Wohnungstür. Der Mann trug eine Atemschutzmaske und versuchte zu sprechen. Seine Stimme versagte. Er hielt sich noch immer am Geländer fest, deutete dann kurz auf die Treppe, die links von meiner Wohnungstür hoch zu den Böden führt, und nickte, wie wenn er um Erlaubnis bitten würde, sich setzen zu dürfen. Im gleichen Moment setzte er sich, ließ sich regelrecht auf eine Stufe fallen und seufzte schwer.

Bis zu diesem Moment stand ich nur verwundert zwischen den Türpfosten. Der Mann tat mir spontan leid, es schien ihm nicht gut zu gehen, sogar ziemlich schlecht. Schließlich fragte ich ihn, worum es denn gehe, wie ich ihm helfen könne.

Der Mann verschnaufte noch kurz, holte dann tief Luft und fragte in gebrochenen Worten, ob ich mit ihm Englisch sprechen könne. Ich bejahte. Der Mann holte erneut tief Luft und sagte schließlich, er brauche einen „Doctor" – ich sei doch ein „Doctor"! Fragend sah der Mann wieder kurz auf mein Namensschild. Da stand aber nur mein Name. Kein akademischer Titel. Der Mann, vielleicht Anfang, Mitte Dreißig, vom Typ her womöglich aus Afghanistan, Pakistan, dem Irak oder Iran, sah mich mit großen Augen hoffnungsvoll an.

Für den Moment verstand ich gar nichts. Ich bin zwar promoviert, aber woher sollte dieser Mann das wissen? Und wie kam er dazu anzunehmen, ich sei Mediziner? Erst jetzt sah ich, dass der Mann in einer Hand – mit der anderen klammerte er sich noch immer am Geländer fest – ein Smartphone hielt. Er streckte es mir entgegen.

Jetzt begriff ich. Er hatte mich über eine spezielle App recherchiert. Da fand sich, wie ich sah, in der Tat der Eintrag „Lektorat Dr. Egbert Scheunemann". Den hatte ich vor langen Jahren zu Werbezwecken in diese App eingetragen – die Sache aber längst vergessen.

Ich klärte – ein leichtes Schmunzeln konnte ich dabei nicht verbergen – den Mann auf, dass ich kein Mediziner sei, sondern ein „Doctor of Philosophy" und als „Lector" Texte bearbeite und schreibe. Wie zum Beweis und weil ich mir nicht anders zu helfen wusste, deutete ich über meine Schulter auf die große Bücherwand in meinem Arbeitszimmer, das vom Flur aus gut einzusehen war. Der Mann lächelte verlegen und faste sich flüchtig an den Kopf. Dann lachte er kurz auf, ich lachte mit.

Ich zeigte ihm schließlich auf seinem Smartphone den Weg zu einer Notfallpraxis, nur wenige hundert Meter von meinem Haus entfernt, und wünschte ihm alles Gute. Er bedankte sich, stand langsam auf und wandte sich zum Gehen. Inzwischen war er wieder halbwegs zu Atem gekommen. Am Ende des Treppenabsatzes, vor der ersten Stufe, drehte er sich noch einmal um, lächelte, winkte und ging dann gemächlich und bedächtig die Stufen herunter.

Ich wünschte ihm nochmals schnelle Genesung und viel Glück. Ich schloss die Tür – und hatte spontan fast ein schlechtes Gewissen, dem armen Mann nicht besser geholfen haben zu können.

———————————

Der Impftermin

Welt der Extreme. Dass der Unterschied zwischen dem Radius der Sonne und dem eines Protons doch recht groß, extrem groß ist, darüber wundert sich niemand – falls er nicht frühzeitig von der Schule geflogen ist und von Astronomie und Physik absolut keine Ahnung hat, aber unverhofft auf diese Extreme stößt. Etwa im Wartezimmer des Zahnarztes beim Durchblättern eines populärwissenschaftlichen Magazins. Dann werden die Augen groß, der Mund geht auf, der Aufruf des eigenen Namens durch die Sprechstundenhilfe verhallt ungehört. Geht ins Ohr, aber nicht ins Bewusstsein.

Erstaunt, verblüfft, erschrocken sind wir, wenn wir im Normalen, im Banalen, im oft nur langweiligen Alltag plötzlich auf etwas stoßen, das dort sozusagen nicht hingehört, das Unerwartete. Unerwartet aber eben nur gemessen an unseren eingeschliffenen Erwartungen. Weicht, rückt die Realität unerwartet von automatisierter Routine ab, vom erwarteten Banalen, erachten wir sie schnell als – verrückt.

Ich erzähle im Folgenden also erst mal eine Geschichte aus dem langweiligen – gelegentlich auch einfach nur nervigen – Alltag. Eine Geschichte, die inzwischen Millionen Menschen nacherzählen könnten, weil sie sie in hohem Maße oder gar eins zu eins selbst erlebt haben. Danach erzähle ich eine zweite Geschichte. Eine völlig verrückte Geschichte – verrückt aber eben nur gemessen am nicht Verrückten.

*

Die Impfkampagne gegen SARS-CoV-2 nahm Anfang 2021 an Fahrt auf. Es war die Zeit der Priorisierung – Impfstoff war noch knapp. Erst kamen die über Achtzigjährigen dran, dann die über Siebzigjährigen – und so weiter. Auch Mitglieder bestimmter Berufsgruppen – Krankenschwestern, Feuerwehrleute, Polizisten –, also Menschen aus sogenannten systemrelevanten Professionen, kamen bevorzugt an die Reihe. Das war völlig korrekt. Damit hatte ich kein Problem. Ich gehörte zu keiner dieser bevorzugten Gruppen und musste also einfach nur – warten.

Lange warten. Wie sich herausstellte. Ich schaute jeden zweiten Tag auf die offizielle Corona-Websites der Hansestadt Hamburg, in der ich wohne, und anfänglich auch der des Bundes. Es war die Zeit, als die über Siebzigjährigen dranwaren. Ich also nicht. Irgendwann besuchte ich die Hamburger Website täglich, gleich morgens. Nichts tat sich. Wochenlang. Inzwischen waren fast alle meine Freunde erstmalig geimpft – berufsbedingt. Ich nicht. Ich hatte als freier Autor und Lektor, der schon seit Jahrzehnten zu Hause arbeitet, momentan einfach den falschen Beruf.

Na ja, zu Hause in meinem Singledasein war die Ansteckungsgefahr aber auch extrem gering. Und wenn ich rausging an die frische Luft, war sie noch geringer. Im klimatisierten Supermarkt, in dem die Luft permanent ausgetauscht wird – würde sie nur ventiliert werden, wäre der Sauerstoff schnell verbraucht und die Leute würden ersticken –, war die Ansteckungsgefahr auch extrem gering. Zumal die Leute dort größtenteils schweigend durch die Regale gehen, also keine kontaminierten Tröpfchen sprechend ausspucken. Und sie tragen alle eine Maske, und an der Kasse, wo man maximal „Tach!" und „Bitte mit Karte!" sagt, gibt es durchsichtige Trennwände.

Ich fühlte mich in meiner konkreten Lebenswelt also relativ sicher vor Ansteckungen. Hatte nichts zu meckern, nahm die Sache stoisch hin. Lange Zeit.

Aber irgendwann wurde ich doch etwas unruhig. Nicht wenige Wochen waren vergangen. Zwei meiner Freunde waren zwischenzeitlich sogar zwei Mal geimpft. Ich noch kein Mal. Inzwischen ging ich sogar mehrfach täglich auf besagte Website. Alles beim Alten – vor allem beim Alter. Ich war einfach noch zu jung. Zwinkerte ich mir quasi selbst zu.

Dann geschah es doch: Eines Mittags waren auch die über Sechzigjährigen dran. Also ich auch. Ich ging freudig auf die Website – aber bevor mein Browser deren Aufbau auch nur abgeschlossen hatte, schoss mir in den Kopf: Das machen in Hamburg in diesem Moment wahrscheinlich viele Tausend, wenn nicht Zehntausende Ü-60er. Und so war es, kein Durchkommen. Online nicht, telefonisch nicht, gar nicht.

Okay, sagte ich mir, Du musst die Sache einfach mittelfristig angehen. Schon in ein paar Tagen würde sich der Ansturm beruhigen. Ziemlich sicher.

Was dann aber wenige Tage später geschah – war die bundesweite Impffreigabe für alle. Jetzt durften und jetzt wollten alle. In Hamburg waren es augenblicklich nicht Zehn-, sondern Hunderttausende. Irgendwie hatte ich verschissen. Aber ich machte mir einen Sport draus – was die Terminsuche betraf, nicht das Verscheißen. Ich blieb am Ball. Eisern. Wie damals Horst Hrubesch. In Sachen eisern. Sie wissen schon.

Wenn da nicht dieses automatisierte digitale Terminvergabesystem gewesen wäre – das spielte nämlich immer wieder ein ganz anderes Spiel mit mir. Man glaubt es nicht, aber irgendwann hatte ich, es war vormittags, ein erstes Terminangebot. Ich nahm es natürlich sofort an – ohne auf meinen Terminkalender zu gucken, ob da nicht womöglich eine Kollision mit einem anderen wichtigen Termin droht. Auf der nächsten Seite konnte und musste man seine Daten eingeben, Name und Geburtsdatum und so. Oben rechts auf der Website lief eine Uhr. Man hatte zehn Minuten Zeit für die Dateneingabe. Ich war nach zwei Minuten fertig. Drückte auf „Weiter". Ein Kringel aus Punkten kringelte auf dem Bildschirm. Keine geringe Zeit. Dann kam die Meldung, dass der Termin schon vergeben sei. Man möge es bitte noch mal versuchen.

Idioten! Brüllte ich meinen Bildschirm an. Wäre ich kontaminiert gewesen, hätte er sich bestimmt eine Tröpfcheninfektion zugezogen. Ich bin dann gleich wieder ins System, fragte einen neuen Termin nach. Und bekam sofort einen angeboten! Dummerweise stellte sich heraus – es war genau der gleiche Termin, der mir eben angeboten und gleich darauf als schon vergeben angezeigt wurde. Und diese ganze Arie erlebte ich vier, fünf Mal nacheinander, über zwei Tage hinweg.

Den Rest dieser langen, am Schluss quälenden Geschichte kann ich schnell zusammenfassen: Irgendwann klappte es mit dem Impftermin. Einen guten Monat später, im Juni 2021, wurde ich das erste Mal geimpft. Damit war auch der zweite Impftermin fixiert. Aber wir stellen und halten fest: Vom ersten Versuch, an einen Impftermin zu kommen, bis zur Vergabe eines Termins vergingen lange, lange Wochen. Und bis zur ersten Impfung insgesamt mehr als zwei Monate.

Die zweite Impfung Anfang Herbst verlief problemlos. Das war die Zeit, als hier und da in Fachkreisen, in den Medien und dann auch in der Politik die Diskussion darüber aufkam, ob eine dritte Impfung wünschenswert wäre oder gar notwendig sei – sechs Monate nach der Zweitimpfung. Als Auffrischung. Das sogenannte Boostern. Sechs Monate, das hätte bei mir Ende Februar, Anfang März 2022 bedeutet. Aber es dauerte nicht lange, bis die ersten Fachleute meinten, das Boostern sei auch schon nach vier, gar drei Monaten sinnvoll. Und so kam es auch. Nach nur drei Monaten war ich zum Boostern berechtigt. Das war vielleicht eine Woche vor Weihnachten 2021.

Inzwischen waren auch die Hausärzte und manch andere in die Impfkampagne einbezogen.

*

Und hiermit beginnt die zweite Geschichte. Eine völlig andere. Eine aus einem anderen Universum. Einem Paralleluniversum – also einem vom normalen Universum verrückten.

Es war der 23. Dezember 2021. Kurz davor kam die Meldung, aus der folgte, dass ich boosterberechtigt war. Nach all den Erfahrungen mit dem Erstimpfungstermin wurde ich aber nicht gleich aktiv. Ich dachte, dass es – erstmal – so und so keinen Sinn haben würde, um einen Termin zu bitten, diesmal bei meinem Hausarzt. Den hatten seine Klienten bestimmt gleich überrannt, als sie, wie ich, besagte Meldung hörten. Dr. Kellers (Name anonymisiert) Impftermine waren wohl schon für lange Wochen ausgebucht. Und jetzt, gleich morgen, kam Weihnachten. Über die Feiertage und bis zum Tag nach Neujahr lief so und so nichts mehr. Dachte ich mir.

Aber tief in meinem Unterbewusstsein, ich wusste von nichts, hatte sich ein kleines Pflänzchen der Hoffnung und der Zuversicht eingenistet, des Optimismus, des Glaubens an eine strahlende Zukunft im Reiche der Geboosterten. Und an keinem geringeren Tage als dem vor der Geburt von Jesus Christus, dem Herrn, entfaltete sich das Pflänzchen, wie aus dem Nichts, zu prächtiger Blüte, wuchs mir ins Stirnhirn und ließ mich spontan sagen: „Scheißegal, du probierst es jetzt einfach mal." Was dann geschah, war ziemlich genau Folgendes:

Ich griff, von mir selbst überrascht, zum Telefon. Wählte die Nummer meines Hausarztes in der Erwartung, mal wieder in einer Warteschleife mit schrecklicher Musik zu landen. Falls die Leitung nicht komplett besetzt war. Ich hörte aber nur zwei Mal den Rufton. Dann hob jemand ab. Die Sprechstundenhilfe.

Ja, Tach, ich sei der Hubert Stallmann (Name anonymisiert), alter Kunde beim Dr. Keller, und jetzt boosterberechtigt, meinte ich. Und ob ich einen Impftermin haben könne nach den Feiertagen, also irgendwann im neuen Jahr, fragte ich. Meine hoffnungslos optimistische Hoffnung war, einen Termin Ende Januar, Anfang Februar zu bekommen.

Och, wenn Sie wollen, können Sie auch gleich vorbeikommen, antwortete die freundliche Frau.

Wie bitte? Jetzt gleich?

Ja, jetzt gleich, wir haben gerade etwas Kapazität frei.

Ich komme sofort! Brüllte ich in den Apparat und legte auf.

Ich eilte die etwa fünf Meter von meinem Schreibtisch ins Schlafzimmer, zog mir meine Schlabbersachen aus und Manierliches an. Ich sammelte alle notwendigen Unterlagen zusammen und auch meine Krankenkassenkarte. Ohne Schuhe, Jacke oder Wohnungsschlüssel zu vergessen, ging ich los. Sportlichen Schrittes. Normalerweise läuft man zu meinem Hausarzt vielleicht sieben Minuten. Ich war in fünf da: Drei Treppenabsätze hoch. Die Tür zur Praxis stand offen. Maske auf und rein. Vor dem Tresen, dahinter die freundliche Sprechstundenhilfe, stand niemand. Ich war sofort dran.

Tach, ich sei der Hubert Stallmann, wir hätten eben telefoniert – und schob meine Unterlagen über den Tresen.

Ja, prima, sagte die nette Frau, guckte kurz meine Sachen an und meinte dann, ich hätte Glück, Behandlungszimmer zwei sei gerade freigeworden. Ich könne gleich reingehen und müsse gar nicht ins Wartezimmer. Sie zeigte in Richtung Ende des Gangs. Da war Behandlungszimmer zwei.

Donnerwetter, unglaublich, meinte ich, und ging gleich in Behandlungszimmer zwei. Dr. Keller war nicht drin. Ich machte mich prophylaktisch obenrum schon mal frei, bis auf ein T-Shirt, wollte mich gerade setzen, da kam Dr. Keller um die Ecke, die befüllte Spritze schon in der Hand. Kurze Begrüßung, er setzte mir die Spritze, verabschiedete sich und entschwand. Die Behandlung in Behandlungszimmer zwei hatte nicht eine Minute gedauert.

Ich zog mich wieder an und ging, wie verabredet, für fünfzehn Minuten ins Wartezimmer. Damit ich, falls mich ein anaphylaktischer Schock ereilen würde, nicht stante pede, also auf dem Weg nach Hause, elendiglich verrecke.

Statt des Schocks kam nach etwa sieben Minuten die aparte Sprechstundenhilfe ins Wartezimmer gerauscht und überreichte mir die frisch ausgedruckte Impfbescheinigung. Auf ihr der Barcode für meine Impfnachweis-App. Ich zückte mein Smartphone, scannte den Code ein – und es dauerte keine Minute, da fand sich der Impfnachweis digitalisiert in meiner App. Unglaublich. Jetzt war ich sogar amtlich beglaubigt wieder ein vollwertiger Mensch.

Die fünfzehn Minuten waren vorbei, ich erhob mich, ging zum Tresen, bedankte mich bei der charmanten Sprechstundenhilfe für die prompte Bedienung, tänzelte wie Fred Astaire die drei Treppen wieder runter, stand gleich darauf auf dem Bürgersteig an der schmalen Straße – und musste erst mal innehalten.

Auch auf die Gefahr hin, mich zu wiederholen: Das alles war einfach nur – unglaublich. Vom ins Hirn schießenden Gedanken, doch einen Anruf bei meinem Hausarzt in Sachen Impftermin zu wagen, bis zur vollzogenen Boosterimpfung waren eben erst fünfundvierzig Minuten vergangen. Ein starkes Gefühl gefühlter Unwirklichkeit machte sich in mir breit, im Kopf, im Bauch, im ganzen Rest. Ein Entrücktsein, wenn nicht Verrücktsein. Stichwort Paralleluniversum. Sie wissen schon.

Ich ging bedächtigen Schrittes wieder nach Hause. Wahrscheinlich lächelte ich die ganze Zeit wie ein leicht debiler buddhistischer Mönch.

Als ich zu Hause ankam, waren keine sechzig Minuten vergangen. Im Frühjahr dauerte es über zwei Monate. Unglaublich. Unfassbar. Es war verrückt. Ich war entrückt. Und entzückt. Ich setzte mich an den Schreibtisch, legte die Beine hoch, schloss die Augen, verschränkte die Hände hinter meinen Kopf. Ich überlegte. Zuckte zusammen. Wenn das keine Steilvorlage war für eine Kurzgeschichte – was dann? Ich griff zur Tastatur.

———————

Die nette Vermieterin

Die Ferienwohnung lag einfach traumhaft, über zwei Stockwerke hinweg in einem alten kleinen, liebevoll renovierten Fachwerkhaus, umrankt von Efeu, in der Mitte einer Gasse, so schmal, dass kein Auto durchkam, also schön ruhig. Dachte ich. Der Bodensee, der Hafen des kleinen Städtchens, nur knappe hundert Meter entfernt, die nächste Badestelle vielleicht dreihundert Meter. Ich war begeistert.

Und ich wurde sogar vom nicht fern gelegenen Bahnhof abgeholt. Eine Freundin meiner Vermieterin, die am Tag meiner Ankunft nicht konnte, empfing mich auf dem Bahnsteig und begleitete mich durch enge Sträßchen und Gässchen bis zum kleinen Fachwerkhaus. Ich nenne sie mal Elke, wir waren nämlich schnell per Du. Sie zeigte mir die ganze Wohnung, die beiden Schlafzimmer, das Bad und die schöne große Wohnküche samt Essecke und Wohnzimmerbereich im zweiten Stock. Die übliche Einführung in alle Küchengeräte, die TV-Anlage, das WLAN.

An der Pinnwand in der Küche hingen einige Info-Zettel, darunter auch einer mit verschiedenen Telefonnummern – auch der Polizei. Elke sah meinen verwunderten Blick. Ja, darauf hätte sie mich so und so noch hinweisen wollen. Falls es mal zu Ruhestörungen kommen solle, möge ich doch bitte nicht gleich die 110 anrufen, sondern diese Nummer hier – Elke zeigte auf eine etwas längere Nummer –, da sei ich gleich beim Richtigen.

Mir war beim ersten Gang durch die kleine Gasse nichts aufgefallen, was als Quelle nächtlicher Ruhestörung hätte ins Auge springen können, wenn nicht ins Ohr, kein Eingang zu einer Disco oder einem Musikclub, kein Biergarten oder sonst was. Schräg gegenüber war nur eine kleine verschlafene Eckkneipe, die sich auf dem Schild über dem

Eingang „Pub" titulierte. Sie war aber geschlossen. Die verrammelten Fenster, der leicht heruntergekommene Zustand des gesamten Gebäudes – man hatte den Eindruck, der Laden habe für immer die Schotten dichtgemacht.

Ich fragte Elke, wer denn hier regelmäßig Krach mache. Och, es komme halt mal vor. Betrunkene jungmännliche Touristen etwa, die durch die Gassen torkeln. Nicht der Rede wert. Elke winkte ab und sprang gleich zum nächsten Thema:

Die Ilse, so nenne ich mal meine Vermieterin, komme übrigens am Wochenende mit ihrem Freund. Sie wohne dann in der kleinen Wohnung ganz oben unterm Dach. Während der Woche sei sie immer in Rottweil, wegen der Arbeit. Am Wochenende würde ich sie also kennenlernen, sie sei total nett. Ich sei gespannt, meinte ich.

Elke entschwand, ich packte meine Sachen aus, quartierte mich ein und ging dann einkaufen. Brot und Bier und was man sonst so braucht, wenn man sich in einer Ferienwohnung selbst verköstigt.

Die nächsten Tage verliefen sehr erfreulich. Schönstes Sommerwetter, ein mollig warmer Bodensee, in den ich schon morgens, noch vor dem Frühstück, meinen Körper zu Wasser ließ. Und dann noch mehrfach täglich. Mal machte ich auch eine kleine Radtour, immer am See entlang, damit ich reinspringen konnte, wann immer ich wollte. Abends traf ich alte Freunde – in dem kleinen Städtchen am See war ich vor langen, langen Jahren aufs Gymnasium gegangen. Und der Ort, an dem ich aufgewachsen war und wo noch immer Freunde aus Kindheitstagen wohnten, war nicht weit.

Und in der Tat, am Wochenende kam Ilse, meine Vermieterin, mit ihrem Freund. Ilse und ich waren schon länger per Du, denn es hatte sich in der E-Mail-Kommunikation, in der es anfänglich natürlich ganz nüchtern und per Sie nur um die Formalitäten in Sachen Buchung der

Ferienwohnung ging, schnell fast eine Art Brieffreund-schaft entwickelt. Es stellte sich nämlich heraus, dass Ilse schon sehr oft in Hamburg war, wo ich seit langen Jahren lebe. Und ich war eben am Bodensee aufgewachsen, um dann gleich nach dem Abitur gen Norden zu ziehen – we-gen einer großen Liebe. Die ging nach einem halben Jahr zwar in die Grütze. Aber egal, Ilse und ich hatten auf jeden Fall einige gemeinsame Themen und gleich viel auszutau-schen.

Nur Fotos von uns hatten wir noch nicht ausgetauscht. So waren wir beide ziemlich gespannt aufeinander. Op-tisch zumindest. Ilse konnte aus meinen Angaben – vierzig Jahre Hamburg, davor Abitur in ihrem kleinen Städtchen am Bodensee – natürlich auf mein Alter schließen. Ich hatte aber keine Ahnung, wie alt sie war. Bei Damen fragt man ja nicht nach.

Wie auch immer, Ilse stellte sich als Mittdreißigerin her-aus, eine quietschfidele zudem. Vom Alter her passte es überhaupt nicht, aber ansonsten hätte man sie post festum ins Publikum des legendären Woodstock-Festivals stecken können, sie wäre nicht aufgefallen. Den Siebzigerjahre-Style fand sie allem Anschein nach cool. Was nicht ganz passte, war ihr breiter alemannischer Slang – obwohl ich dort unten im Süden aufgewachsen war, musste ich sehr genau hinhören, um Ilse zu verstehen. Und hier und da auch nachfragen.

Auf jeden Fall verstanden wir uns prächtig. Auch ihr Freund, ich nenne ihn mal Günther, war ein sehr netter Mensch. Ein Handwerker. Ihre Altersklasse. Er und Ilse erzählten mir die ganze Geschichte, wie sie eine verfallene alte Ruine, für wenig Geld erworben, in jahrelanger Arbeit in das schöne Altstadthäuschen verwandelt hatten, in dem ihr kleines Domizil und darunter meine wunderbare Feri-enwohnung lag.

Mich fragte Ilse natürlich über Hamburg aus. Und ich fragte sie, warum sie denn schon so oft da gewesen sei. In unserem E-Mail-Verkehr hatten wir nie darüber gesprochen, das fiel mir erst jetzt auf. Wir tauschten uns nur über die Schönheiten der Hansestadt aus, interessante Orte, tolle Kneipen und Musikclubs. Ja, sie sei mal schwer verliebt gewesen, meinte Ilse. Dieter war gerade auf Klo. Aber das sei dann irgendwann in die Grütze gegangen. Ach was! Ich schmunzelte nur, wohl etwas spitzbübisch, und enthielt mich weiterer Kommentare. Zumal man eine Klospülung hörte.

Es war schon früher Nachmittag, ich musste mich bald verabschieden, weil ich verabredet war. Ein ehemaliger Klassenfreund aus besagtem Gymnasium hatte zu einem Treffen einstiger Mitschüler eingeladen. Immerhin fünf hatten zugesagt, darunter mehrere, die ich seit dem Abitur nicht mehr gesehen hatte. Ilse und Günther konnten meine große Spannung nachvollziehen. Man wünschte sich einen schönen Tag und ein schönes Klassentreffen. Bestimmt würde man sich an diesem Wochenende noch mal sehen. In unserem kleinen Altstadthäuschen könne man sich ja kaum aus dem Weg gehen.

Das Treffen mit den ehemaligen Schulfreunden fand unweit statt, in einem Gartenrestaurant am östlichen Ende des Hafens. Es war sehr lustig und sehr interessant, also das Treffen. Die fünf Anwesenden hatten viel zu erzählen, in Summe kamen zweihundert Jahre zusammen, über die zu berichten war. Leicht komprimiert, versteht sich. Wer was studiert hatte und beruflich machte oder noch macht, wer wohin ausgewandert ist, wer schon Quartier auf dem Gottesacker genommen hatte, all diese Dinge, die man nach über vier Jahrzehnten zu erzählen hat.

Das Schönste war, dass sich auch hier eine alte Erfahrung bewahrheitete: Wenn man längere Zeit sehr, sehr eng beisammen und miteinander vertraut war, viele schlimme,

aber auch schöne Dinge gemeinsam durchlitten und durch-
lebt hatte – von der legendär versemmelten Matheklausur
mit einem Klassendurchschnitt von fünfkommaeins bis
hin zum gewonnenen Fußballspiel gegen die eitlen Schnö-
sel vom Technischen Gymnasium –, dann braucht es keine
fünf Minuten und alle sind wieder vertraut miteinander.
Wie damals. Vor vier Jahrzehnten. Frisch rückverwandelt
in gackernde Kindsköpfe, jugendliche Hallodris, jung-
weibliche oder -männliche Tunichtgut.

Aber so jugendlich, dass das Treffen erst nachts um drei
geendet hätte, waren wir dann doch nicht mehr. Natürlich
nur rein biologisch betrachtet. Und wir hatten uns auch
schon früh getroffen. Also ging man noch vor Mitternacht
auseinander – und alle stimmten zu, dass man solche Treffen jetzt regelmäßig veranstalten sollte. Bevor sie nicht
mehr möglich seien. Mangels Masse.

Ich schlenderte nach der mindestens halbstündigen Ver-
abschiedung gut gelaunt die Hafenmeile entlang, einige
Gartenrestaurants und -kneipen stellten so langsam schon
die Stühle auf die Tische. Die Abzweigung zu meinem
Gässchen kam in Sicht. Ich freute mich auf meine schöne
Ferienwohnung in meinem schönen Altstadthäuschen.
Vielleicht würde ich noch in der Küche ein Absackerbier
trinken, E-Mails abrufen, im Netz die neuesten Nachrich-
ten lesen über den galoppierenden Irrsinn in der Welt.

Als ich in die Gasse einbog, hörte ich leise Musik. Live-
musik. Sie wurde Schritt für Schritt lauter. Nach einigen
zehn Metern sah ich die Quelle der Beschallung: der „Pub"
schräg gegenüber meiner Ferienwohnung. Die gesamte
Fensterfront war geöffnet – ich schritt durch eine laue, lau-
schige Sommernacht. Ich näherte mich, die Musik wurde
noch lauter. Wie sich herausstellte, spielte sie ein Allein-
unterhalter. Ein Sänger samt Keyboard mit vorprogram-
mierten Rhythmen, Melodien und ganzen Stücken. Das
ganze Repertoire all jener Gassenhauer, die alle mitsingen

können. Nur ich nicht. Im Moment wurde gerade „Griechischer Wein" von Udo Jürgens gespielt. Ziemlich laut. Im Näherkommen sah ich, dass sich mitten im Pub auf der Tanzfläche ein Halbkreis aus Tänzerinnen und Tänzern gebildet hatte, die Arme gegenseitig über die Schultern gelegt. Man versuchte Sirtaki zu tanzen, zu hopsen. Ich stand nun direkt vor dem Pub. Ich riss die Augen auf. In der Mitte des Halbkreises – Ilse, meine Vermieterin.

So klärte sich das mit dem Zettel an der Pinnwand also auf. Ich schmunzelte, wollte schon winken, aber ich ließ es lieber – womöglich hätte mich Ilse hereinkomplimentiert und zum Mittanzen aufgefordert. Das wäre aber eine mittelschwere Katastrophe geworden. Ich konnte nämlich noch schlechter tanzen als die im Halbkreis.

Oben in meiner Ferienwohnung lief ich an der Pinnwand vorbei, ganz unwillkürlich, und warf einen Blick auf den Info-Zettel. Ich ließ ihn hängen und weiter vergilben – und freute mich auf mein Absackerbier.

Sokrates

Ich hatte mit Freund Harri ein paar Bierchen genuckelt beim Grünen Jäger, vor einem Kiosk, und war auf dem Weg nach Hause. Ich lief das Schulterblatt entlang, und zwar auf der Seite, auf der auch die Rote Flora liegt. Kurz vor der Kreuzung zur Juliusstraße kam mir Sokrates, der Wirt des Romana, mit seiner Frau entgegen. Bevor ich erzähle, was dann passierte, muss ich kurz erläutern, was es mit dem Romana und Sokrates so auf sich hat.

Das Romana liegt, wenn man mit dem Rücken zum sogenannten Montblanc-Haus steht, in dem auch die Taverne Olympisches Feuer untergebracht ist, schräg rechts gegenüber. Es bietet eine Mischung aus griechischer und auch italienischer Küche und ist im Schanzenviertel seit Jahrzehnten eine Institution wie das Olympische Feuer, unter Kennern auch O-Feuer genannt. Interessanterweise kenne ich nur Leute, die entweder ins Romana gehen – oder ins O-Feuer. Ich gehöre zu Letzteren.

Im Romana war ich jedoch einige Male, als ich vor bald vierundvierzig Jahren, Ende 1977, nach Hamburg kam. Damals wohnten Freunde, die ich vom Bodensee her kannte, um die Ecke in der Weidenallee – und das Romana war schnell ihre Stammkneipe. Also vorübergehend auch für mich. Und man war natürlich schnell bekannt mit dem Wirt – Sokrates. Ich also auch.

Aber die Sache schlief schnell wieder ein, weil meine Freunde bald aus dem Viertel wegzogen – und ich wohnte nach wie vor im fernen Barmbek und zog erst 1986, mit Zwischenstopp in Eppendorf und noch mal kurz in Barmbek, an den Rand des Schanzenviertels, zu Fuß kaum fünf Minuten vom Schulterblatt entfernt.

Nun, aus Gründen, die ich nicht mehr so recht rekonstruieren kann, wurde mein Stammlokal das O-Feuer und nicht das Romana. Womöglich war eine Frau mit im Spiel. Kann schon sein. Ich sah – nach zehn Jahren Pause also – Sokrates mal hier, mal da, vor dem Romana oder sonst wo im Viertel, hatte aber nicht das Gefühl, dass er sich an mich erinnern würde – Wirte müssen ja dramatisch mehr Gäste erinnern als Gäste Wirte. Und zehn Jahre sind eine lange Zeit, um zu vergessen.

Sokrates und ich gingen also jahrelang und irgendwann Jahrzehnte lang aneinander vorbei, ohne dass man sich grüßte, ohne sich, zumindest in einer Richtung, wie ich dachte, zu kennen. Sokrates wurde, man raunt, über die Jahre dann doch etwas älter. Ich schätze, dass er inzwischen knapp siebzig ist. Optisch, vor allem durch den grau-schwarz-weißen Lockenkopf und -bart, ein Grieche wie aus dem Bilderbuch.

Auf jeden Fall saß und sitzt er oft vor dem Romana in einem Stuhl, ein kleines Tischchen an seiner Seite. Weil der Bürgersteig sehr schmal ist vor dem Romana, kann man da kaum Außengastronomie betreiben – ganz anders als vor dem O-Feuer. Aber das macht nichts, dafür hat das Romana einen schönen großen Biergarten hinterm Haus. Vor dem Haus in der Regel also nur Sokrates an seinem Tischchen. Manchmal stehen auch ein, zwei Tische mehr draußen. Wenn es kühl wird, wickelt sich Sokrates einfach eine Decke um Beine und Hüfte.

Über die langen Jahre bin ich immer wieder an Sokrates vorbeigelaufen, als er da an seinem Tischchen saß – mal etwas essend, mal Zeitung lesend, mal ließ er einfach die Leute und den Trubel an sich vorüberziehen. Wir grüßten uns nicht. Ich grüßte ihn nicht. Er grüßte mich nicht.

Bis zu jenem denkwürdigen Tag zumindest, an dem mir Sokrates mit seiner Frau entgegenkam. Ich sah die beiden schon aus einiger Distanz – und wollte, wie gewohnt, einfach an ihnen vorbeigehen. Wortlos. Aber Sokrates kam direkt auf mich zu und blieb keine zwei Meter vor mir stehen. Ich hielt an, war ganz verwundert, gespannt und auch spontan etwas aufgeregt. Sokrates guckte mich groß an und fragte – er spricht sehr gut Deutsch, aber mit deutlichem griechischen Akzent –, ob er mich ansprechen, mir eine Frage stellen dürfe! Nun war ich völlig überrascht und ganz verdattert. Ja klar, dürfe er!

Und Sokrates sprach: Er wolle nach all der Zeit, nach all diesen Jahren, es würde ihn richtig quälen, wissen, ob er irgendwann irgendetwas falsch gemacht habe, dass ich ihn so ignoriere. Er sitze immer vor seiner Taverne, ich liefe oft vorbei – und nichts. Kein Wort, kein Gruß, keine Geste. Er hätte mit allen im Viertel irgendwie Kontakt, quatsche immer mal ein paar Worte mit den Leuten, die vorbeilaufen, nur nicht mit mir. Ich sei ganz unnahbar.

Ich hörte mir seine Worte ebenso erstaunt wie, glaube ich, freundlich lächelnd an. Und ich antwortete ihm mit überdeutlichem Augenzwinkern: Stimmt, er habe mich über dreißig Jahre nicht gegrüßt! Sokrates verstand mein Augenzwinkern und lachte kurz auf. Ich sagte ihm, dass er natürlich ganz und gar nichts falsch gemacht habe – und dass ich mir bestimmt so viele Gedanken darüber gemacht hätte, warum man über dreißig Jahre schweigend aneinander vorbeiläuft, wie er.

Ich wechselte ins Griechische. Sokrates' Augen leuchteten auf. Nach seinem erstaunten Nachfragen erzählte ich kurz von meinen intensiven Beziehungen zu Kreta und meinen vielen Reisen nach Griechenland – und Sokrates schmolz dahin. Er war total erleichtert. Ein Bann war gebrochen.

Seine nette Frau, eine gebürtige Deutsche, stand die ganze Zeit neben uns. Sie schien ähnlich erfreut zu sein wie ihr Mann und meinte schließlich, dass sie es ganz toll fände, dass wir Jungs uns endlich mal ausgesprochen hätten. Ja, meinte ich, Jungs bräuchten, vor allem in so emotionalen Sachen und so, ab und zu auch etwas länger. Manchmal sogar über dreißig Jahre. Wir gaben uns schließlich die Hände und verabschiedeten uns.

Ich ging weiter das Schulterblatt entlang in Richtung meiner Straße und dachte mir: Sokrates, Du bist ein guter Mann, hast den Bann gebrochen. Als Erster. Und ich war nur Zweiter. Beim nächsten Mal, gelobte ich mir, würde ich alles besser machen.

Wenn Sokrates und ich uns seitdem treffen, begrüßen wir uns überschwänglich, nicht selten quer über die Straße hinweg. Sitzt Sokrates an seinem Tischchen und ich laufe vorbei, gibt es hier und da sogar ein bisschen Small Talk. Wir lassen es lieber langsam angehen und wollen nichts überstürzen.

———————————

Eine Reise nach Fehmarn

Geschichten erzählen. Selten schildern wir Vorkomm-nisse, Begebenheiten, interessante, lustige oder auch trau-rige Erlebnisse eins zu eins realitätsgetreu – wie ein um maximale Objektivität bemühter Journalist oder gar Wis-senschaftler. Wir übertreiben hier und da, erzählen in grel-len Farben, um die Pointe, die Quintessenz der Story her-vorzuheben. Das ist völlig legitim, weil es im Dienste bes-seren Verständnisses, des Auslösens eines Aha-Effektes bei den Zuhörenden geschieht. Okay, manchmal geht es auch nur um das Auslösen eines Lachers. Aber immerhin. Denn nicht wenige gehen zum Lachen in den Keller. Hat man den Eindruck.

Es gibt aber auch Ereignisse und vor allem Verkettungen von Ereignissen, die sind so unwahrscheinlich, sie passie-ren, wenn überhaupt, so selten, dass man sich kaum traut, sie zu erzählen. Glaubt ja so und so kein Mensch, sagt man sich – erzählt die Sache dann aber doch, weil man von ihr so aufgewühlt ist. Und auch hier erhält man nicht selten Lacher. Aber einer anderen Sorte.

Nun, ich gelobe also, dass sämtliche Vorkommnisse, die ich im Folgenden schildere, eins zu eins der Realität ent-sprechen. Und ich sage hier sogar das Datum, an dem es geschah, es war der 2. Juli 2021 – so kann, wer will, viele dieser Ereignisse post festum recherchieren, denn sie be-trafen nicht nur mich, sondern viele, viele andere Men-schen. Sie wurden bei involvierten Institutionen aktenkun-dig und gingen hier und da auch durch die Presse.

Also dann: An besagtem Tag wollte ich mit dem Zug nach Fehmarn reisen, um meine Freundin Angelique G. in ihrer Ferienwohnung zu besuchen und ein paar Tage Insel- und Ostseeurlaub zu machen. Es gibt noch eine Angelique

J. in meinem Leben, deswegen das G. hinter Angeliques Vornamen, damit niemand durcheinanderkommt.

Aber zurück zu Fehmarn – oder besser meinem Versuch, dorthin zu kommen. Es gibt Züge, die fahren vom Hamburger Hauptbahnhof direkt nach Burg, dem Hauptstädtchen Fehmarns, könnte man sagen. Fahrtzeit gute zwei Stunden. Man muss nicht umsteigen. Bequemer geht es nicht. Und wohl kaum schneller. Vom Hubschrauber abgesehen.

Mit gutem Zeitpuffer im Gepäck ging ich mit selbigem kurz vor Mittag aus dem Haus Richtung S-Bahn-Holstenstraße. Man läuft von meiner Wohnung aus vielleicht, sechs, sieben Minuten. Auch mit Gepäck, das ist heutzutage – heut' zu tragen – ja fast immer auf Rollen. Dort angekommen, musste ich feststellen, dass die S-Bahn-Station vollkommen gesperrt war. Wegen Bauarbeiten. Die Sache war bestimmt langfristig angekündigt, aber ich kam nicht auf die Idee, entsprechend zu recherchieren, ich hatte keinen Anlass und so etwas in über dreißig Jahren noch nicht erlebt – und man muss wissen, dass ich alter Fußgänger und Radfahrer nur selten S-Bahn fahre, fast immer nur vor einer Fernreise, also Richtung Hauptbahnhof oder Flughafen.

Es gab aber einen Schienenersatzverkehr via Bus, jedoch nur bis zur S-Bahn-Sternschanze, also nur eine Station weiter Richtung Hauptbahnhof. Da hätte ich noch mal umsteigen müssen, vom Bus wieder auf die S-Bahn – also wieder auf die nächste S-Bahn warten müssen.

Nach einigen Minuten des Umherirrens – es gibt an der S-Bahn-Station Holstenstraße nicht wenige Bushaltestellen – fand ich den Bus-Stopp für den Schienenersatzverkehr. Ein Bus fuhr mir direkt vor der Nase weg. Der nächste sollte in sieben Minuten kommen – mit Umsteigezeit am S-Bahnhof Sternschanze und durchschnittlicher Wartezeit auf die nächste S-Bahn würde ich es nicht mehr rechtzeitig bis zum Hauptbahnhof schaffen. Mist. Ich beschloss, nach Hause zu gehen, einen neuen Zug zu recherchieren und einen zweiten Versuch zu starten – diesmal gleich vom S-Bahnhof Sternschanze aus, gute zehn Minuten Fußweg von meiner Wohnung entfernt. Ich wohne, Pi mal Daumen, ungefähr in der Mitte beider S-Bahn-Stationen.

Auf dem Weg nach Hause warf ich immer wieder einen Blick auf die – wie so oft – völlig überfüllte Stresemannstraße. Vielleicht fuhr ja ein freies Taxi vorbei. Durch diesen heftigen Verkehr hätte es ein Taxi in der verbleibenden Zeit wohl auch nicht mehr bis zum Hauptbahnhof geschafft. Es fuhr aber auch keines.

Zu Hause rief ich kurz Angelique G. an, schilderte die Situation und sagte ihr, dass ich zwei Stunden später ankomme – das ergab die Recherche. Nach einer knappen Stunde und mit noch besserem Zeitpuffer als beim ersten Versuch bin ich wieder los, diesmal, wie gesagt, Richtung S-Bahn Sternschanze.

Die Fahrt von dort bis zum Hauptbahnhof verlief problemlos. Ich hatte noch zwanzig Minuten bis zur Abfahrt des Zuges Richtung Lübeck, wo ich diesmal umsteigen musste. Der Regionalzug kam pünktlich an. Ich stieg ein und packte mein Lesezeug aus.

Zur Abfahrtszeit dann eine Durchsage: Man könne nicht losfahren, Personen seien im Gleis – das passiert nicht selten im Hamburger Hauptbahnhof oder irgendwo davor oder dahinter. Zwanzig Minuten und drei Durchsagen später stand der Zug noch immer – jetzt war es unmöglich, in Lübeck meinen Anschlusszug nach Fehmarn zu bekommen. Der nächste und, wenn ich es recht erinnere, auch letzte wäre wiederum zwei Stunden später gefahren. Jetzt hatte ich die Faxen dicke und keine Lust mehr. Ich sprach per Smartphone Angelique G. aufs Band, dass ich wieder nach Hause fahre. Es solle heute einfach nicht sein. Wir würden das nachholen, ganz sicher.

Also lief ich zurück zur S-Bahn-Station Hauptbahnhof, zu einer der drei Linien, sie fahren aus demselben Gleis, Richtung Sternschanze. Ich wunderte mich schon, warum mir auf der Treppe nach unten nur Passagiere entgegenkamen – und fast niemand in meine Richtung ging. Jetzt hörte ich via Durchsage den Grund: Totalsperrung des gesamten S-Bahn-Verkehrs im Hauptbahnhof wegen eines Polizeieinsatzes. Das war dann gleich darauf auch auf den Anzeigen zu lesen. Ich stand, jetzt schon fast zynisch grinsend, eine Weile da und überlegte. Genau – ich konnte auch die U3 nehmen Richtung Sternschanze, zwar ein Umweg, weil die Linie über die Landungsbrücken am Hafen führt, aber das war jetzt egal.

Ich zwängte mich durch die Massen wieder nach oben Richtung Eingang zur U3. Auf der Kirchenallee direkt vor dem Bahnhof ein riesiges Aufgebot von Polizeiwagen und Einsatzkräften. Warum auch immer. Auf der Treppe in den Untergrund wunderte ich mich erneut. Es lief nicht nur kaum jemand in meine Richtung, mir kam auch niemand entgegen. Ich fasste mir an den Kopf – mir fiel ein, dass auch die U3 gesperrt war zwischen Sternschanze und Baumwall am Hafen. Wegen Bauarbeiten, schon lange Wochen.

Ruhig bleiben, sagte ich mir, ruhig bleiben. Vielleicht würde ich ein Taxi finden. Sehr unwahrscheinlich, weil Tausende aus diesem Gedränge, diesem Chaos nur noch wegwollten. Aber ich hatte Glück. Und mein noch größeres Glück war, dass ich den Fahrer vorab fragte, was das denn koste. So um die zwanzig Euro, meinte er. Zwanzig Euro für zwei S-Bahn-Stationen. Wohlgemerkt. Zu Fuß in einer halben Stunde zu schaffen. Von mir zum Flughafen, das ist mindestens dreimal so weit, zahle ich, ohne Trinkgeld, selten mehr als fünfundzwanzig Euro. Der Taxifahrer hatte wohl gehört, was los war – und gleich die Preise verdoppelt. Ich zeigte dem Mann zwar nicht den Vogel, drehte aber wortlos ab.

Was sollte ich tun? Okay, dachte ich mir, ich stähle meine Waden und gehe zu Fuß. Und man bedenke: Ich hatte die ganze Zeit all mein Gepäck dabei. Den Trolley zwar auf Rädern, aber auch noch einen Rucksack. Ich also zu Fuß los Richtung S-Bahn-Station Dammtor, nicht sonderlich weit, vom Hauptbahnhof aus schon gut zu sehen. Links vom Gehweg die vielen Gleise, die Fernzüge fuhren noch, rechts die vierspurige Straße voller Autos im Stop-and-go. Tolle Strecke. Aber nur für Perverse.

Auf der Hälfte des Weges kam eine S-Bahn vorbei – sie fuhren also wieder. Die nächste ab Dammtor, wo ich kurz darauf eintraf, in Richtung Sternschanze fuhr schon zwei Minuten später. Endlich mal Glück. Ich sprang rein, der Zug setzte sich gleich in Bewegung. Aber nur, um nach einer guten Minute wieder zu stoppen. Auf offener, freier Strecke. Fünf quälende Minuten lang.

Bevor ich meinen inzwischen gedanklich minutiös geplanten Amoklauf durchführen konnte, fuhr die S-Bahn dann doch weiter. Die Lösung des Rätsels des Aufenthalts folgte umgehend: Die S-Bahn Sternschanze war wegen der Bauarbeiten an der S-Bahn Holstenstraße momentan Endhaltestelle und nur eingleisig befahrbar. Jeder einfahrende Zug musste also den herausfahrenden erst vorbeilassen.

Im Schanzenviertel endlich wieder angekommen, rief ich erst mal Angelique G. an. Diesmal nahm sie ab. Ich erzählte ihr den ganzen Schlamassel, der passiert war, seitdem ich ihr aufs Band gesprochen hatte. Sie war natürlich etwas traurig, dass ich nicht kam, aber wir mussten auch viel lachen. Ob des ganzen Irrsinns. Ich sagte Angelique G., dass ich große Lust habe, mich in die nächste Straßenkneipe am Schulterblatt zu setzen und mich zu besaufen.

Aber es war einfach noch zu früh. Ich ging zu meinem Lieblingseisladen und wollte mich mit drei Kugeln Eis beglücken, entschädigen. Der freundliche Italiener hinterm Tresen, wir kennen uns seit Jahren, sah mein Gepäck und fragte neugierig, ob ich denn auf Reisen gehe. Nein, sagte ich, ich käme gerade von einer Reise zurück. Wo ich denn gewesen sei? Am Hauptbahnhof.

Also musste ich auch ihm die ganze Geschichte erzählen. Aus Mitleid lud mich der nette Mann zu einer vierten Kugel Eis ein. Ich bedankte mich, schlenderte das Schulterblatt entlang und schlotzte mein Eis.

Nach vier Stunden intensiver Versuche, nach Fehmarn zu kommen, war ich also wieder zu Hause. Zu keinem Zeitpunkt war ich von dort weiter entfernt als circa drei Kilometer. Mein erster Urlaub, nach dem sich in meinem Koffer kein einziges Stück Dreckwäsche fand. Immerhin. Es geht voran.

Der Müllmann

Malte kam mir auf dem Schulhof schon entgegengerannt, schludrig angezogen, direkt aus der Sporthalle. Ich packte das Kind manierlich ein, fragte, wie es denn gewesen sei. Gut, antwortete mein Kleiner, wie immer halt. Er war gerade in die erste Klasse gekommen. Alles war noch ziemlich neu. Wir brachten Malte die erste Zeit natürlich noch zur Schule und holten ihn ab, mal seine Mutter, mal ich. Später ging er dann im Pulk mit Klassenfreunden – ohne Mutter oder Vater. Das fand er cooler.

Bis nach Hause war es nicht sonderlich weit und zudem ein fast durchgehend schöner Weg, eine schmale, wenig befahrene Wohnstraße entlang, vorbei an einem kleinen Park.

Auf dem holprigen Kopfsteinpflaster zuckelte uns ein Mülllaster langsam entgegen, hielt immer wieder mal an, die Müllmänner machten ihre Arbeit.

Als sie auf unserer Höhe waren, blieb Malte stehen und zog an meiner Hand, damit auch ich stehen bleibe. Er wollte, wie so oft, den Müllmännern bei ihrer Arbeit zusehen – und dabei, wie der Müll in den riesigen Bauch des Lasters verschwand. Man merkte, dass Malte die Sache ehrfürchtig und auch etwas ängstlich verfolgte. Das Verschlingen des Mülls durch den Schlund des Lasters hatte schon etwas Bedrohliches. Es könnte auch etwas anderes sein als Müll, was in dieses schwarze Loch fiel, geschüttet – und später verbrannt wurde. Das wusste Malte schon. Ich hatte es ihm einmal gesagt, als er danach fragte. Alles, was die Fantasie hergab, konnte in dieses Loch fallen. Und Maltes Fantasie blühte meist lichterloh.

Heute schien es ihm aber mehr einer der beiden Müllmänner angetan zu haben, die eben von ihren Trittbrettern sprangen, um sich jeweils eine am Straßenrand stehende

Mülltonne zu greifen. Der eine war eher untersetzt, südlicher Typ, noch relativ jung. Der andere das genaue Gegenteil. Hoch gewachsen, kräftig, stämmig, fast ein Hüne, die blonde bis graue lockige Haartracht, die schon recht viel Stirn freigegeben hatte, und der Bart nach Art eines keltischen Druiden. Anfang Mitte fünfzig schien der Mann zu sein. Eine eindrucksvolle Erscheinung.

Es war recht kühl, aber der mächtige Müllmann trug nur ein T-Shirt unter seiner Trägerhose, eine Arbeitshose in Orange mit vielen Taschen und aufgenähten Reflexionsstreifen zur Sicherheit. Bei so einem Job kam man aber auch leicht bekleidet schnell ins Schwitzen.

Wir standen hinter zwei Mülltonnen auf der gegenüberliegenden Seite der kleinen, schmalen Straße. Der Hüne kam zu uns, griff sich beide Mülltonnen gleichzeitig, zwinkerte Malte zu und meinte dann in breitem Hamburger – für ortskundige Kenner: Barmbeker – Dialekt:

„Na, so interessant ist mein Job nun auch wieder nicht!" Der große Mann schien fast etwas verlegen zu sein. Er zog die Tonnen zum Laster, leerte sie und kam mit ihnen zurück.

„Na, aber Ihr Job ist verdammt wichtiger als der fast aller Politiker zusammengenommen! Sie machen hier einen ganz tollen Job!" In der Kürze der Zeit fiel mir nichts anderes ein, was ich dem Mann hätte sagen, entgegnen sollen. Es tat mir einfach leid, was er über seine Arbeit dachte und sagte.

Der imposante Müllmann sah mich mit überraschten Augen an – blauen, von einem auf den anderen Moment glasigen Augen. Er druckste etwas, schluckte sichtlich, sein Gesicht erstrahlte:

„Danke, das ist sehr freundlich von Ihnen!"
Er zwinkerte Malte noch mal zu, drehte sich schwungvoll um, sprang voller Elan auf sein Trittbrett – sein Kollege stand schon auf dem anderen –, klopfte kräftig auf den

Laster, der sich gleich darauf in Bewegung setzte. Wir winkten zum Abschied, die beiden Müllmänner winkten zurück. Der Laster bog gleich darauf links ab und verschwand aus unserem Blickfeld.

„Was machen Politiker eigentlich?"

Ich wollte Malte schon sarkastisch antworten, dass das Leute seien, die viel Müll reden und produzieren. Aber ich versuchte das Kind in altersgerechten Worten aufzuklären. Wir gingen weiter und waren bald zu Hause.

———————————

Das Konzert

Die Liebe zur Musik hat mich über nahezu fünfzig Jahre in viele Hundert Konzerte geführt. Ich erinnere zahlreiche Momente großer Freude, der Ekstase, hier und da sogar der Glückseligkeit. Momente, in denen man die Welt umarmen möchte – und froh ist, wenn zumindest ein Freund neben einem steht oder eine Freundin, die man umschlingen kann.

Es hat etwas zu sagen, nein, es hat viel, sehr viel zu sagen, wenn man nach all diesen Jahrzehnten, Konzerten und Momenten des Glücks aus einem Konzert kommt, schwebt, taumelt, und das Gefühl hat, es war das düsterschönste, heftigste, intensivste von allen.

Wovon ich spreche, geschah am 10. Februar 2019. In der Elbphilharmonie stand die Komposition „Trois petites liturgies de la présence divine" (Drei kleine Liturgien der Präsenz Gottes) von Olivier Messiaen auf dem Programm und, nach der Pause, die dreizehnte Sinfonie von Dimitri Schostakowitsch, auch „Babi Jar" genannt – eine Komposition, eine Vertonung, ein Mahnmal aus Anlass eines der schlimmsten Verbrechen des 20. Jahrhunderts. In der Schlucht von Babi Jar, nahe der ukrainischen Hauptstadt Kiew, damals noch sowjetisch, fielen am 29. und 30. September 1941 über 33.000 Juden den nazistischen Mördern aus Deutschland zum Opfer – Frauen, Kinder, Männer, Greisinnen und Greise.

Das Verbrechen wurde lange Zeit verheimlicht, selbst in der stalinistischen und poststalinistischen UdSSR – aus Gründen, die hier auszuführen zu weit führen würde. Das Schweigen wurde erst gebrochen, als Anfang der 1960er-Jahre Jewgenij Jewtuschenko sein großes Gedicht „Babi Jar" schrieb und, nach der einsetzenden Entstalinisierung in der UdSSR, veröffentlichen konnte – und Schostakowitsch bald darauf seine dreizehnte Sinfonie, in der er Jewtuschenkos Gedicht verarbeitete, gesungen von einem Baritonsänger und einem Männerchor. Die Uraufführung dieser Sinfonie im Dezember 1962 soll mit frenetischem Beifall bedacht worden sein und das Publikum zu Standing Ovations animiert haben.

Wie die Aufführung in der Elbphilharmonie, der ich beiwohnen durfte. Aber der Reihe nach.

Ich muss zum Orchester, den beiden Chören, zum Sänger und Dirigenten nicht viel sagen – und auch nicht zu den Klangqualitäten der Elbphilharmonie, ihrer von vielen geliebten, von einigen gefürchteten klanglichen Präzision. Das NDR-Elbphilharmonie-Orchester gehört für mich inzwischen zu einem der besten – und ich habe über die Jahrzehnte sehr oft die Berliner Philharmoniker live gehört oder auch die Wiener Symphoniker, die New Yorker Philharmoniker.

Ingo Metzmacher, ich sah ihn live das erste Mal, dirigierte souverän und voller Leidenschaft – ohne Taktstock, nur mit den Händen, aber umso differenzierter und ausdrucksstärker. Es sangen der NDR-Chor, der WDR-Rundfunkchor und als Solist Mikhail Petrenko. Alle auf einem Niveau, das man haben muss, um in diesen höchsten Qualitätskontexten mitmachen, mitspielen, mitsingen zu können, zu dürfen.

Hervorheben, dies aber nur am eher anekdotischen Rande, möchte ich allein eine der – in Schostakowitschs Sinfonie – fünf Perkussionisten: eine kleine Asiatin, keine hundertsechzig Zentimeter groß, ausgerechnet an der großen Trommel. In dem Teil hätte sie sich, gepolstert und nur leicht gekrümmt, zur Nacht begeben können. Die Fellköpfe der Klöppel, mit denen sie die große Trommel bediente, waren nur unwesentlich kleiner als ihr Kopf. Ich trommle selbst, da fällt einem so etwas, eigentlich eine belanglose Marginalie, natürlich auf. Aber zurück zum Eigentlichen, zum Wichtigen.

Schon Messiaens Komposition war wie aus einer anderen Welt. Ich kenne viele Kompositionen von Messiaen, sein Werk „Trois petites liturgies de la présence divine" kannte ich nicht. Es offenbarte sich mir jedoch als, könnte man sagen, typisch Messiaen. Modern und doch klassisch – aber nicht streng, nicht ernst. Eher mystisch, mythisch. Ein oft schrill klingender Frauenchor, Streicher, die ihn nachahmen – unterstreichen, hätte ich fast gesagt. Feierlich, entrückt, liturgisch eben, wie Melodien einer traurigen Nachtigall. Klänge, Klangfarben aus der Natur und der Klangwelt der Vögel – von der sich Messiaen so oft inspirieren ließ. Eine Liturgie des Daseins Gottes, an den Messiaen als Katholik fest glaubte, in der Natur, im Gesang ihrer Geschöpfe.

Nach der Pause dann Schostakowitschs dreizehnte Sinfonie. Ich hörte sie zum ersten Mal live. Insgesamt in meinem Leben aber wohl schon dreißig, vierzig, fünfzig Mal – wie alle Sinfonien Schostakowitschs. Ich hatte die Dreizehnte längere Zeit nicht gehört. Aber wie das so ist. Fast überall hätte ich „mitsingen" können, nur selten auf die Noten schauen müssen. Ich werde diese Sinfonie, diese Aufführung, jetzt nicht im Detail beschreiben. Das ist, jenseits der Buchform, kaum möglich. Und auch überflüssig.

Denn man muss diese Sinfonie hören. Mehrfach, zigfach. Sie ist schwere Kost. Sehr schwere Kost. Man muss sich mit ihr auseinandersetzen. Zeit und Energie investieren, Arbeit, Hörarbeit. Aber man wird überreich belohnt. Sie ist ein Universum an musikalischer Thematik, an Klangfarben und Rhythmik, düster schön. Eben – auch – ein Mahnmal für eines der größten Verbrechen des 20. Jahrhunderts.

Aber auch ein Manifest der Hoffnung, dass so etwas nie mehr passiert. Einer Hoffnung, durch Musik formuliert, ausgedrückt. Wie vom Lagerorchester in Auschwitz. Es gibt ein Leben danach. Da wird sogar getanzt. Im Dreivierteltakt. Ja, am Ende dieser wunderbar düsteren, furchtbar schönen Sinfonie ertönt ein Walzer. Ein Walzer!

Während der Aufführung schien im Publikum, mal hier, mal da, immer wieder etwas aufzuleuchten. Nein, es waren keine schwachen Blitze von Smartphones, es waren Taschentücher, weiße Papiertaschentücher. Ich hatte noch nie eine Aufführung erlebt, in der so viele Menschen im Publikum – sofern ich das mit meinen glasigen Augen sehen konnte – zum Taschentuch griffen, sich mit den Fingern die Tränen aus den Augen rieben, mit den Händen aus dem Gesicht wischten. Die Menschen schienen wie benommen.

Ein junges Paar schräg links, das anfänglich so aussah, wie wenn es nach dem ersten Satz der Dreizehnten den Saal verlassen würde, griff sich bei den Händen, legte den Arm über die Schulter des Partners, klammerte sich immer fester aneinander. Leute beugten sich nach vorn, wollten so viel wie möglich mitbekommen, hören, sehen. Einige zitterten, vibrierten vor Anspannung.

Selten habe ich im Publikum eine derartige Totenstille erlebt – üblicherweise sind Konzertsäle erklecklich angefüllt mit hustenden, räuspernden Soziopathen. Die gleiche Sorte Mensch, die mir in der Elbphilharmonie auf der langen, langen Rolltreppe hoch zum Musiktempel ebenso unentwegt wie gnadenlos den Weg versperrt. Und stehen bleibt. Gnadenlos stehen bleibt. Aber das ist ein anderes Thema.

Bei diesem Konzert war alles anders. Ich hatte den Soziopathen verziehen. Nach dem Verklingen der letzten Töne der Sinfonie zunächst lange Zeit knisternde Stille. Dann sprangen viele Menschen auf, applaudierten frenetisch. Manche blieben erst mal sitzen, wie erschöpft, wie erschlagen. Wie ich.

Dem Freund eines Freundes, den ich mit seiner Frau in der Pause, also vor Schostakowitschs Dreizehnter, zufällig traf, erzählte ich, wie gespannt ich auf diese grandiose Sinfonie sei, die ich zum ersten Mal live erleben würde. Er stand am Ende des Schlussapplauses plötzlich hinter mir. Seine Augen waren rot. Sein Gesicht nass von Tränen. Er wollte irgendetwas sagen. Er sagte nichts. Er konnte nichts sagen. Er umarmte mich und drückte mich. Kräftig und immer kräftiger. Seine Frau stand hinter ihm. Ihre Augen glasig. Ihr Blick entrückt. Sie drehten irgendwann wortlos ab und gingen.

Neben mir stand eine ältere, hoch gewachsene Dame, die mir vor dem Konzert erzählt hatte, dass sie früher im Frauenchor des NDR mitgesungen habe. Sie kenne noch einige dort unten – und sie deutete auf den Frauenchor kurz vor Beginn der Aufführung der liturgischen Klangdichtung von Messiaen. Wegen dem Messiaen sei sie gekommen, den habe sie auch schon gesungen. Den Schostakowitsch und seine Sinfonie kenne sie noch nicht, sie sei aber gespannt. Natürlich auch auf den Männerchor. Und den Bariton. Den Petrenko habe sie nämlich auch noch nie gehört, live. Nur von Platte.

Ich hatte die alte Dame, wie mir in diesem Moment erst auffiel, das gesamte Konzert über nicht angesehen. Jetzt, als wir beide applaudierend nebeneinanderstanden, warf ich ihr einen kurzen, freudigen, seligen Blick zu. Ihr Gesicht war tränenüberströmt. Wimperntusche und Lidschatten hatten auf den Wangen der Dame ihre Spuren hinterlassen. Sie sah mich kurz an, lächelte bübisch. „Ja, ich weiß, ich sehe bestimmt ganz furchtbar aus!" Wir lachten. Und applaudierten weiter.

Auf dem Weg zum Konzert dachte ich an Babi Jar, an dieses furchtbare Verbrechen. An Schostakowitsch, wie er in der stalinistischen UdSSR mit der rechten Hand seine Noten aufs Blatt schrieb und mit dem linken Bein – pers-

pektivisch und immer wieder von den Machthabern ange-
droht − im Gefängnis, im Erziehungslager stand. Oder
auch mit beiden Beinen direkt vor dem Exekutionskom-
mando.

Und dann gehe ich ins Konzert. Und plötzlich ist da das
Glück. Das reine Glück.

———————

Das Bad im Bodensee

Als Kinder standen sie, mindestens zu zweit, oft auch zu dritt, trampend an der Landstraße nach Ludwigshafen, dem ersten kleinen Städtchen, eher ein Dorf noch, am äußersten nordwestlichen Zipfel des Bodensees, dem Ende des Überlinger Sees. Ihr Ziel war das Strandbad mit seinen alten Holzbauten, den vielen Trauerweiden. Oder auch der Wäscheplatz, wo man umsonst baden, unter verankerten kleinen Booten durchtauchen konnte. Dort hatten früher die Frauen des Dorfes Wäsche gewaschen, um sie nach dem letzten Spülen in der prallen Sonne auf das saubere Gras zur Bleiche zu legen.

Wenn es die Luft- und Wassertemperaturen zuließen, pilgerten die Kinder sofort los Richtung See, so früh wie möglich hin, gleich nach der Schule, so spät wie möglich zurück. Die Hausaufgaben mussten warten. Das war oft schon Ende Mai und nicht selten bis weit in den September möglich. Dort unten, ganz im Süden, Südwesten, einer der wärmsten Ecken Deutschlands. Und der schönsten. Aber für die Kinder, die dort aufwuchsen, war das völlig normal. Sie kannten nichts anderes. Den Ruhrpott. Die Straßenschluchten Berlins. Oder Bielefeld.

Das Wasser des Sees war im Hochsommer nicht selten sechsundzwanzig Grad warm – oder noch wärmer. Die Kinder kamen kaum noch aus dem Wasser raus. Maximal, um vom Steg des Strandbads oder von einem kleinen Boot vorm Wäscheplatz, auf das man geklettert war, gleich wieder reinzuspringen. Das ging über Stunden so. Bis die Zähne klapperten und die Lippen blau anliefen. Dann legten sich die Kinder eine Weile in die pralle Sonne, wärmten, heizten sich wieder auf – und zurück ging es ins Wasser.

Die schon richtig schwimmen konnten – am See aufgewachsene Kinder konnten das in der Regel sehr früh, erlernt ganz alleine, abgeguckt bei anderen –, schwammen im Strandbad raus zum nahen kleinen Turm. Da ließ es sich noch besser springen. Arschbombe und so. Manche kraulten, anfänglich nach Art kleiner Hunde, sogar bis zum großen Turm ein Stück weiter draußen. Bei niedrigen Pegelständen konnte man bis zum kleinen Turm auch laufen. Wenn man zu faul war, zu schwimmen. Bis zum großen Turm war das fast nie möglich.

Und dort draußen drohte auch ein Abgrund, die sogenannte Halde, direkt hinter dem Turm. Stand man auf dem Turm, auf der Seite zum etwa zwei Kilometer entfernten gegenüberliegenden Ufer, konnte man den Abgrund deutlich sehen. Ein Schlund tiefblau, fast schwarz bei bestimmten Wetterlagen und Sonnenständen. Ganz schwarz in der Fantasie. Auf jeden Fall bedrohlich.

Mutige Ältere tauchten dort gerne runter, weil sich in der Tiefe viele kuriose Dinge fanden. Die Halde fungierte früher wohl der Entsorgung von Sachen, die man irgendwie loswerden wollte. Wenn man einen Köpfer vom Sprungbrett aus machte – es befand sich, je nach Wasserstand, in drei bis fünf Metern Höhe –, hatte man in Sachen Tieftauchgang die Halde hinab schon die halbe Miete. Die Kinder machten das natürlich nicht, aber junge, mutige, oft auch nur tollkühne Männer schon. Wenige zumindest. Zum Glück. Es war nicht ungefährlich.

Einmal fand ein fast schon erwachsener, kräftig-muskulös gebauter Jugendlicher eine alte Kloschüssel dort unten. Er holte sie aus dem Wasser, wie auch immer, schleppte sie die Leiter zum großen Turm hoch, stemmte die Schüssel über den Kopf und ließ in Richtung Strandbad, es war proppenvoll, einen Triumphschrei los à la Johnny Weissmüller – besser bekannt in seiner Filmrolle als Tarzan. Der junge Mann auf dem Turm konnte den Tarzanruf verblüffend gut. Szenenapplaus.

Es war oft sehr lustig im Strandbad. Lange Jahre war der Bademeister, der übrigens nicht schwimmen konnte, ein alter, groß gewachsener, hagerer Mann mit dicker Brille. Ein etwas einfacheres Gemüt. Man konnte ihn anrufen, damals hatten die Telefone noch eine Drehscheibe, um jemanden über den quakenden Lautsprecher, damals noch in klassischer Trichterform, ausrufen zu lassen. Manche machten sich einen Spaß daraus, riefen den Bademeister an und ließen Filmstars oder andere Prominente ausrufen. Das einfache Gemüt machte das prompt. Einmal rief er, kein Witz, es gibt viele Zeugen, in seiner unnachahmlichen alemannischen Mundart aus: „Herrn Jacques Cousteau – Telefon". Das Strandbad hielt sich den Bauch. Manche guckten auf den See raus, ob vielleicht doch ein U-Boot auftauche.

*

Die Kinder wuchsen auf am See. Anteilig auch im See. Der See war immer da. Er gehörte zum Leben – das aus dem Wasser stammt. Sie waren alle kleine Kaulquappen, dann kleine Frösche, irgendwann große Tiere. Zumindest körperlich. Viele blieben am See, auch als sie erwachsen waren. Wer es bis zum Abitur schaffte und studieren wollte, studierte in der Nähe, in Freiburg, Tübingen oder am besten gleich in Konstanz – direkt am See.

Nur manche verschlug es weiter weg, nach Berlin oder Hamburg. Coole Großstädte, da musste man hin als Dörfler, Hinterwäldler, Ufergewächs, alemannisch schwätzende Ackerfrucht, wenn man was werden wollte. In der großen weiten Welt. Dachten sie sich. Aber sie kamen immer wieder zurück. In den Semesterferien, später im Urlaub, wann immer es ging. Zu ihrem geliebten See. Sie sprachen selten vom Bodensee. Immer nur vom See. Als gäbe es nur den einen. Den See schlechthin. Den See aller Seen. Wie Rom, die Stadt aller Städte.

Zu den Kindern, die immer wieder zurückkamen zum Bodensee, vor allem im Sommer, gehörte auch Elias. Es hatte ihn nach dem Abitur in den hohen Norden verschlagen. Wegen des Studiums und weil er irgendwie weit weg wollte. Vom Land in eine Großstadt, Hamburg, vom warmen Süden in den kühlen, verregneten Norden, vom milden Bodensee an die raue, kalte Nordsee – dachte er. Aber die Nordsee war noch fast hundert Kilometer weit entfernt. Und sie ist es noch immer. Man munkelt. Keine Freunde anfänglich. Keine Familie mehr. Kein Bodensee. Sondern Hamburg im kalten Regen. Woran merkt man in Hamburg, dass es Tag wird? Es hellt unwesentlich auf und fängt an zu regnen. Und woran merkt man in Hamburg, dass es Sommer wird? Der Regen wird wärmer.

Also trieb es Elias immer wieder zurück zum See der Seen. Zu den alten Freunden und zu Geschwistern. Im Sommer oft sechs Wochen, auch um im Handwerksbetrieb eines seiner älteren Brüder zu arbeiten. Geld zu verdienen, um das Studium zu finanzieren. Während seines gesamten Studiums bis zur Promotion war Elias in Summe fast ein Jahr am Bodensee – rechnete man alle seine Arbeitsurlaube zusammen. Als es Elias erstmals tat, war er selbst überrascht.

Nach dem Studium arbeitete Elias als freier Autor. Schreiben kann man überall. In Hamburg. Am Bodensee. Aber die Distanz zwischen beiden Orten, nicht weit vom nördlichen und direkt am südlichen Ende Deutschlands gelegen, war doch recht groß. Und bald, als seine Startschwierigkeiten überwunden waren und er schnell Freunde fand, hatte Elias Hamburg lieben gelernt.

Hamburg ist eine sehr schöne Stadt. Ein See, die Alster, in seinem Herzen. Die Elbe, das Elbdelta, der Hafen, die vielen Kanäle, mehr als in Venedig, viele schöne Stadtteile mit alter Bausubstanz – in Hamburg ließ und lässt es sich sehr gut leben. Mit seinen süddeutschen Freunden machte Elias seit langen Jahren Städteurlaube. Prag, Lissabon, Barcelona, London – hinter keiner dieser europäischen Metropolen brauchte sich Hamburg zu verstecken.

Also fuhr Elias irgendwann nur noch ein Mal im Jahr an den Bodensee. Aber das musste sein. Anfänglich wohnte er bei Geschwistern oder Freunden. Aber bald wollte er all jene Orte am See besuchen, an denen er früher als Kind nie war, nicht sein konnte. Der Bodensee ist groß. Man brauchte damals ein Auto, um zu diesen Orten zu kommen. Aber Elias' Familie hatte kein Auto. Weil es nur wenig Geld gab. Sein Vater war früh gestorben. Elias war erst sieben Jahre alt. Seine Mutter musste mit den Kindern von einer kümmerlichen Rente leben. An ein Auto war nicht zu denken, auch nicht an Bahnfahrten zu den Orten der Sehnsucht – und am allerwenigsten an Übernachtungen in Pensionen, geschweige denn Hotels am See.

Als Kind und Jugendlicher sah Elias oft die Alpen, speziell bei Föhnwetter schienen sie fast unwirklich nah. Aber Elias war nie da. Er lebte am westlichen Ende des Sees, das Alpenvorland und die Alpen türmten sich hinter seinem östlichen und südöstlichen Ende auf. Unerreichbar. Elias sah in seiner Kindheit und Jugend Fotos etwa von Lindau, schon im Bayerischen, von der wunderschön auf einer Insel gelegenen Altstadt. Bregenz und das schweizerische Alpenvorland am gegenüberliegenden Ufer. Malerisch. Bezaubernd. Verzaubernd. Aber Elias war nie da. Als Kind, als Jugendlicher. Zum Greifen nah waren diese Orte der Träume, optisch. Und doch so fern, abseits, entrückt. Am anderen Ende einer Welt. Seiner Welt dort unten, im Süden, am Bodensee. Ach was – am See schlechthin, dem See der Seen.

Aber Elias holte alles nach. Er verdiente recht gut als freier Autor. Jetzt konnte er sich seine Träume verwirklichen. Und er tat es. Er quartierte sich in Lindau ein, natürlich auf der Insel, in Überlingen nahe am Hafen, und in Konstanz – im noblen Inselhotel direkt am See. In dessen alte Gemäuer. Mit eigener Badewiese.

Jahrelang war er an diesem edlen Hotel mit dem Linienschiff von Konstanz Richtung Stein am Rhein vorbeigefahren, auf dem Weg zu einem Familientreffen nach Radolfzell, mit Umstieg in ein kleineres Schiff auf der Insel Reichenau. Die teure Luxusherberge liegt nur wenige Hundert Meter vom Hafen in Konstanz entfernt. Zum See hin haben fast alle Zimmer Balkone. Auf einem dieser Balkone, genau in der Mitte des Gebäudes, einem ehemaligen Dominikanerkloster, wollte Elias mal sitzen und den Menschen auf den vorbeifahrenden Schiffen zuwinken. Nach Art des Papstes auf seinem Balkon am Petersplatz. Bei Urbi et orbi und dergleichen.

Und so geschah es. Die eine Woche in dem edlen Quartier war nicht ganz billig. Aber Elias bereute keinen Cent. Und er wollte in Zukunft ja nicht jedes Jahr da absteigen. Das allein Ärgerliche war, dass er sich von seinem Balkon aus – er war in der Tat fast genau in der Mitte des Gebäudes – nicht selbst zuwinken konnte, als Elias im gleichen Urlaub mal wieder auf dem Deck des Schiffes Richtung Stein am Rhein in der Sonne saß, auf dem Weg zu einem Freundestreffen. Aber man konnte halt nicht alles haben.

*

Sein wirkliches, endgültiges Traumhaus am See fand Elias erst recht spät. Eher aus Zufall. Und aus traurigem Anlass. Ein älterer Bruder war gestorben. Elias hatte ihn in seinem Urlaub am See erst gute zwei Wochen davor zuletzt gesehen. Jetzt musste Elias gleich wieder zurück in das kleine Städtchen am Bodensee. Zur Beerdigung. Sie fand an einem schon vormittags sehr heißen Sommertag statt. Auf einem sehr schön gelegenen alten Friedhof mit großem

Bestand hoher alter Bäume. Die Familie des Bruders, die anderen Geschwister, viele Neffen und Nichten, viele Freunde waren da. Man traf sich nach der Beerdigung noch in einem Gartenlokal und sprach über alte Zeiten. Es war unerträglich heiß und schwül – wie nicht selten am See kam im Hochsommer zur Hitze die Schwüle. Viel Wasser. Viel Hitze. Viel Schwüle.

Elias fragte am späteren Nachmittag, als sich die Trauergemeinschaft langsam auflöste, Stefan, den Sohn seines verstorbenen Bruders, ob man nicht noch ein Stündchen an den See gehen und ins Wasser springen könne. Allen klebten die Kleider am Leibe. Sehr gerne, meinte Stefan, den Elias sehr mochte, er kenne auch eine schöne Badestelle, wo nicht so viel los sei.

Elias war diese Stelle, wie sich bald zeigte, völlig unbekannt. Eine kleine Wiese direkt am See, unweit eines Vogelschutzgebietes. Oberhalb der Wiese ein schmaler Fuß- und Fahrradweg. Kein Autoverkehr. Hier und da ging oder fuhr eine alemannische Ackerfrucht vorbei. Womöglich war es auch ein Tourist. Ein Fischkopf. Oder gar einer aus Bielefeld. Man konnte nie wissen.

Am Weg entlang standen einige – hier und da – villenartige Wohnhäuser. Mittendrin ein relativ kleines Holzhaus. Selbst sehr schön, das Holz dunkel gebeizt, in einem hübschen großen Garten gelegen, umringt von vielen Bäumen und Büschen. Aber rein stilistisch passte es nicht in diese Zeile doch etwas noblerer, in der Regel weißer Gebäude. Es lag keine zwanzig Meter oberhalb der Stelle, wo Elias und Stefan ihre Sachen auf die Wiese gelegt hatten. Das Holzhäuschen war Elias erst aufgefallen, als er nach einer gefühlten und realen halben Stunde wieder aus dem Wasser kam. Er sah es und war entzückt. Und er sah ein Schild vor dem Haus. Am Ende des Vorgartens. Direkt am Weg. War es zu verkaufen?

Elias, noch in der nassen Badehose, ging sofort hoch –
und kam sofort wieder zurück. Das Haus war nicht zu verkaufen. Aber eine Ferienwohnung in ihm war zu mieten.
Im Moment belegt. Aber grundsätzlich zu haben. Elias
griff sein Smartphone, ging schnellen Schrittes wieder
hoch, knipste das Schild samt Haus gleich drei, vier Mal.
Zur Sicherheit. Er zeigte die Fotos Stefan, die Telefon-
nummer und Website der Vermieterin waren klar zu sehen. Elias schickte eines der Fotos direkt an Stefan. Zur
Sicherheit. Der bestätigte gleich darauf den Eingang der
E-Mail samt Dateianhang. Elias war fast gewillt, sofort an-
zurufen. Aber so in der nassen Badehose, lieber nicht –
und die Saison war sowieso bald vorbei. Und ein drittes
Mal konnte und wollte Elias dieses Jahr nicht noch mal an
den See. Also lieber von Hamburg aus anfragen, wo er
schon am nächsten Tag wieder sein würde.

Das wäre doch der Traum, meinte Elias zu Stefan, wenn
er im nächsten Jahr in diesem schnuckligen Holzhäuschen
unterkommen würde. Direkt am See. Morgens gleich ins
Wasser, noch vor dem Frühstück. Elias hatte in seiner Fantasie mindestens fünf Urlaube in diesem Häuschen schon
komplett durchdekliniert. Seit er es vor zehn Minuten zum
ersten Mal gesehen hatte. Aber bestimmt sei es, sagte Elias
wieder zu Stefan gewandt, auf Jahre ausgebucht, in der
Hauptsaison. In dieser Traumlage, da stünden die Bewer-
ber doch Schlange. Na, meinte Stefan, vielleicht hast Du
ja Glück.

*

Elias stand in der Badehose direkt am See. Hinter ihm die
Wiese, auf der er damals, am Tag der Beerdigung seines
Bruders, mit Stefan lag. Das war fast zwanzig Jahre her.
Elias widerfuhr das Glück, das ihm Stefan gewünscht
hatte. Schon im nächsten Sommer konnte Elias die Ferien-
wohnung im Holzhäuschen beziehen. Und seitdem jedes

Jahr. Anfänglich buchte Elias auf drei, vier Jahre im Voraus. Aber bald war das gar nicht mehr nötig. Seine nette Vermieterin, Magda, mit ihr war er bald gut befreundet, trug Elias als Mieter umgehend in die Tabelle ein, sobald sie eine neue für ein Folgejahr anlegte. Elias aus Hamburg – das war seit Jahren ihr erster Eintrag.

Was er dort in ‚seinem' Häuschen am See erlebte, war für Elias der Inbegriff an Wohn- und Lebensqualität. Morgens aufstehen und nicht unter die Dusche, sondern in den keine dreißig Meter entfernten See springen. Noch vor dem Frühstück. In der Badehose direkt über den Fuß- und Radweg und die schmale Wiese. So früh war da kaum jemand, mal lief ein Frauchen oder Herrchen den Weg entlang und führte Waldi oder Balou Gassi.

Rein ins Wasser und zwanzig Minuten Kraulen oder Brustschwimmen. Und vor allem Rückenschwimmen. Das mochte er am meisten. Morgens war das Wasser oft spiegelglatt, perfekt zum Schwimmen. Keine Welle schwappte in der Rückenlage über Kopf und Gesicht. Wind und höhere Wellen kamen im Hochsommer, von Ausnahmen abgesehen, immer erst Richtung Mittag auf.

Wenn Elias aus dem Wasser kam, war sein gebräunter Körper warm und geschmeidig, sein Hirn von Sauerstoff und Licht durchflutet. Er war klar im Geiste wie sonst kaum noch am Tage. Er konnte, wenn er sich direkt an den Schreibtisch setzte, lesen, denken, schreiben wie ein Weltmeister. Sein Frühstück, eine Kanne schwarzen Tees, nahm er nebenbei zu sich. Sein vom Seewasser kristallklar gespülter und erfrischter Schädel wollte genutzt sein. Keine Zeit war zu verlieren. Selbst wenn Elias am Abend davor Freunde getroffen und das eine und vor allem andere Bier getrunken hatte – jede morgendliche Form von Kater, von Unwohlsein war nach dem Bad im See verschwunden.

Aber die Jahre und Jahrzehnte hatten auch an Elias genagt. Er war für sein biblisches Alter eigentlich topfit.

Schon immer hatte Elias, als Ausgleich für seine notorische Schreibtischtäterschaft, sich viel bewegt. Er fuhr nie ein Auto, nur Fahrrad – oder er ging zu Fuß. Drei bis fünf Mal die Woche machte er zu Hause eine halbe Stunde Gymnastik. Selbst als Hobbytrommler an seiner Djembe kam er ordentlich ins Schwitzen. Und er schwamm viel, wann immer es möglich war. Auch in Hamburg. Im Sommer in seinem geliebten Freibad am Kaiser-Friedrich-Ufer, keine zehn Minuten mit dem Rad von seiner Wohnung entfernt. Immer gleich morgens nach dem Aufstehen. Wie am Bodensee. Noch vor dem Frühstück. Seiner Kanne Tee.

Eigentlich war er, wiederholte er seinen Gedanken, topfit für seine einundachtzig Jahre. Eigentlich. Aber seine Ärzte hatten etwas in seinem Körper gefunden. Etwas, was sie nicht entfernen konnten. Man wusste nicht, wie es sich entwickeln würde. Und wie schnell. Oder langsam. Oder auch gar nicht. Oder würde es sich gar rückentwickeln? Das solle vorkommen mit der und der Wahrscheinlichkeit. Sagten die Ärzte. Spontanheilung nannte man das. Der Körper, sein Abwehrsystem, kämpfe weiter gegen jenen Teil seiner selbst, der durch eine Mutation zum Fremdkörper geworden war. Und manchmal eben erfolgreich. Manchmal.

Das war aber nicht alles. Elias' Augenlicht hatte stark nachgelassen. Für einen Kampfleser und -schreiber wie ihn eine ziemlich schlimme Sache. Und mit der Libido war es schon lange vorbei. Beim Manne steht mit zunehmendem Alter nicht immer alles zum Besten – dieses kleine Bonmot, es kam ihm eines fortgeschrittenen Tages spontan in den Sinn, hatte Elias zum ersten Mal schon vor fast zwanzig Jahren zum Besten gegeben. Und dann immer öfter, je nach Anlass. Irgendwann aber gar nicht mehr. Irgendwann war das Witzchen einfach nur noch abgeschmackt, abgehangen. Wie die Sache, um die es ging.

Im letzten Jahr war er auf drei Beerdigungen, zwei in Hamburg, eine am Bodensee. Die Sonne, die Licht in sein Leben gebracht hatte, stand im Westen schon sehr flach. Die Menschen und Dinge, die sie bestrahlte, warfen immer längere Schatten. Wenn sie überhaupt noch da waren. Elias Freundeskreise hatten sich stark gelichtet. Manche Freunde waren nur noch körperlich auf dieser Welt. Nicht mehr geistig. Die Vorstellung, im Wachkoma wie ein sabbernder Zucchino im Bett einer Pflegestation zu vegetieren, womöglich über Jahre, war Elias das nackte Grauen. Und er hat es bei anderen erleben müssen. Bis zum Abschalten der Geräte.

Die Sonne war an diesem Tag erst vor einer guten Stunde aufgegangen. Dennoch war es schon sehr warm. Und der See war noch wärmer. Gestern wurden siebenundzwanzig Grad gemessen. Badewanne. Elias stand noch immer in seiner Badehose am See, die Füße schon im Wasser.

Es sollte sein letztes Bad in aller Frühe sein. Sein Zug zurück nach Hamburg, schon lange vor seiner Hinreise gebucht, fuhr gegen Mittag. Elias hatte schon gepackt. Seinen Koffer fachgerecht entsorgt, die Ferienwohnung picobello aufgeräumt. Er solle einfach die Tür hinter sich zuziehen und den Schlüssel in den Briefkasten werfen, hatte ihn Magda gebeten.

Denn Magda war nicht da. Es gab einen Trauerfall in ihrer Verwandtschaft. Es sei nicht so schlimm für sie, sagte Magda, weil sie zur Tante, die verstorben war, nur selten Kontakt und keine enge Beziehung gehabt hatte. Aber sie müsse halt hin zur Beerdigung, wegen der Familie. Und am gleichen Tag wieder zurück, das schaffe sie nicht. Heute würde sie zurückkommen, aber erst spät. Da sei Elias schon in Hamburg. Also hatten sich Magda und Elias schon gestern herzlich verabschiedet.

Die Sonne stieg langsam, stand aber noch immer recht flach am östlichen Himmel. Der See schenkte Elias zum

Abschied eine nahezu glatte Oberfläche, nur hier und da kräuselten warme schwache Windböen das Wasser. Es war kaum etwas zu hören, eine herrliche Stille. Nur vorbeifliegende Möwen oder Enten und Blesshühner im Wasser gaben hier und da einen Laut von sich. Aber das gehörte einfach dazu. Man nahm die Laute der Tiere nicht bewusst war. So fielen nur dann auf und ins Bewusstsein, wenn sie plötzlich nicht da waren – die unwirkliche Ruhe vor einem Sturm. Aber an Elias' letztem Morgen herrschte eine ganz andere, ganz natürliche, milde Stille. Es war so still, dass die Geräusche, die ein Fischer in seinem kleinen Boot beim Hochziehen seiner Netze verursachte, klangen, wie wenn das Boot nur zwanzig Meter entfernt sei. Aber es war mindestens einen halben Kilometer entfernt. Das glatte Wasser war eine hervorragende Reflexionsfläche für den Schall.

Elias ging noch ein paar Schritte weiter ins Wasser und ließ sich dann vorneüber in den See fallen. An einen richtigen Hechtsprung, es gab auch gar keine Zuschauer, war in seinem Alter nicht mehr zu denken. Zumal er seit einigen Jahren immer erst ein paar vorsichtige Schwimmbewegungen machen musste, um zu prüfen, ob seine von Arthritis geplagten Schultern schmerzten, und wenn ja, wie heftig. Heute schmerzten sie nicht. Elias hatte extra ein Medikament eingenommen. Heute, bei seinem letzten Bad im See, sollte nichts schmerzen. Das Mittel wirkte. Wunderbar. Elias nahm die Rückenlage ein und schwamm langsam immer weiter hinaus.

Normalerweise schwamm er nur so weit raus, dass er noch den Grund des Sees sah. Der konnte zehn Meter tief sein. Das machte nichts – obwohl man natürlich auch in klarem Wasser, dessen viele Meter tiefen Grund man noch sieht, ertrinken kann. Aber trübes Wasser, nur eineinhalb Meter tief, in dem der Grund nicht zu sehen war, war bedrohlich. Obwohl man zur Not ja stehen konnte – aber womöglich war da doch irgendwo ein Loch, ein Schlund, ein Abgrund. In der Fantasie. Oder gar real. Ein großer Fisch mit großem Maul und scharfen Zähnen. Eine dicke Seeschlange. Was Schmieriges, Glitschiges mit langen Fühlern und Tentakeln. Nicht auszudenken.

Als Kind hatte Elias große Angst vor trübem Wasser. Auch noch als Jugendlicher und junger Mann. Aber er wurde über die Jahre ein immer besserer, sicherer Schwimmer. Wenn er dennoch lieber in nur zwanzig, dreißig Metern Abstand parallel zum Ufer hin und her schwamm, dann eher aus Gewohnheit.

Heute aber, an seinem letzten Tag, in dieser göttlichen Szenerie, wollte er weit, weit hinausschwimmen, vielleicht bis auf die Höhe des Fischerbootes, das jetzt langsam in Richtung des kleinen Hafens des kleinen Städtchens tuckerte. Dort draußen hatte man wunderbare Sicht, rundum, über den ganzen See, die Ufer, die Wälder gegenüber, das Städtchen, sein kleines Holzhaus, den ganzen Himmel.

Ungefähr an der Stelle angekommen, wo vorhin der Fischer seine Netze hochgeholt hatte, legte sich Elias in Rückenlage flach auf das Wasser. Spielte den toten Mann. Wenn man viel Luft in der Lunge beließ und nur flach atmete, konnte man ohne jede Schwimmbewegung auf dem warmen Wasser liegen, nein – schweben. Ein herrliches Gefühl. Schwerelosigkeit wie im Weltall. Der Mensch konnte doch fliegen, schweben. Im Wasser.

In diesem Moment hatte Elias den ganzen Himmel für sich. Den ganzen See. Seinen See. Den See aller Seen. Er war glücklich.

Gleichwohl gingen ihm ulkige Gedanken durch den Kopf. Er sah Kaulquappen in einer Kloschüssel, kleine Frösche, die von einem Steg sprangen und als Menschenkinder im Wasser ankamen. Oder umgekehrt. Die Kinder mutierten, während sie sprangen, zu kleinen Fröschen.

Elias verließ die Horizontale, wechselte in die Vertikale, manövrierte, paddelte sich in eine aufrechte Stellung. Der Grund des Sees war schon lange nicht mehr zu sehen, obwohl das Wasser sehr klar war. Elias sah unter sich nur noch eine schwarze Tiefe, tiefe Schwärze. Er streckte die Arme senkrecht gen Himmel und atmete tief aus, so tief er konnte, ließ alle Luft aus seiner Lunge entweichen. Er sank schnell, unterstützt durch leichte Schwimmbewegungen seiner Hände und noch immer ausgestreckten Arme. Elias wollte zurück ins Wasser, aus dem das Leben kam. Sein Leben dankbar zurückgeben. Er sank tiefer und tiefer.

Elias, eben noch ein alter Mann, verwandelte sich auf seinem Weg zum Grund des Sees, des Seins, zurück zu dem kleinen Frosch, der er mal war, damals im Strandbad und am Wäscheplatz, mutierte schließlich zur Kaulquappe und dann ins Nichts.

Sein letzter Gedanke kam zu einem Ende. Sein Bewusstsein erlosch. Er tauchte ein in den Fluss der Ewigkeit. In den See des Unendlichen. Den See aller Seen.

———————

Von Egbert Scheunemann sind im BOD-Verlag auch folgende Bücher erschienen:

Vom Anfang und vom Ende. Erzählungen, Kurzgeschichten, Dialoge, Hamburg-Norderstedt 2019, ISBN 9783748157939

Trilogie des Scheiterns. Drei Erzählungen, Kurzgeschichten, was auch immer, Hamburg-Norderstedt 2015, ISBN 9783734746659

Griechenland als Exempel – oder als der Fluch des Neoliberalismus über die Menschen kam, Hamburg-Norderstedt 2014, ISBN 9783735759832

Rebellen auf Kreta. Eine ungewöhnliche Reise durch Kretas Geschichte, Sprache und Landschaften. Ein Buch über Freundschaft, wildes Denken und wundersame Erlebnisse, Hamburg-Norderstedt, 4., leicht korrigierte und aktualisierte Auflage 2017 (1. Auflage 2007), ISBN 978-3-8370-0553-0

Die Entdeckung der Hölle, Roman, Hamburg-Norderstedt, 2. Auflage 2009 (1. Auflage 2008), ISBN 978-3-8370-4295-5

Irrte Einstein? Skeptische Gedanken zur Relativitätstheorie – (fast immer) allgemeinverständlich formuliert, Hamburg-Norderstedt 2008, ISBN 978-3-8370-4249-8

Vom Denken der Natur. Natur und Gesellschaft bei Habermas. Vollständig überarbeitete und stark erweiterte Neuausgabe 2008, Hamburg-Norderstedt 2008, ISBN 978-3-8370-2722-8

Wenn Sie mir schreiben wollen:
mail@egbert-scheunemann.de